Détestable séduction

MILLIE ADAMS

Détestable séduction

Traduction française de

SYLVIE CALMELS-ROUFFET

AZUR

HARLEQUIN

Collection : Azur

Titre original :
THE BILLIONAIRE'S BABY NEGOTIATION

HARPERCOLLINS FRANCE
83-85, boulevard Vincent-Auriol, 75646 PARIS CEDEX 13
Service Lectrices — Tél. : 01 45 82 47 47 - www.harlequin.fr
ISBN 978-2-2804-8399-5 — ISSN 0993-4448

Composé et édité par HarperCollins France.
Imprimé en mars 2023 par CPI Black Print (Barcelone)
en utilisant 100% d'électricité renouvelable.
Dépôt légal : avril 2023.

FSC www.fsc.org
MIXTE
Papier issu de sources responsables
FSC® C159065

Pour limiter l'empreinte environnementale de ses livres, HarperCollins France s'engage à n'utiliser que du papier fabriqué à partir de bois provenant de forêts gérées durablement et de manière responsable.

1.

Il faudrait inventer un mot pour décrire ce sentiment insupportable de vouloir étriper quelqu'un tout en mourant d'envie de coucher avec lui.

Parce que c'était très exactement ce qu'Olive Monroe ressentait chaque fois qu'elle posait les yeux sur Gunnar Magnusson. Richissime homme d'affaires islandais, au look et à la mentalité de viking, philanthrope à ses heures et enquiquineur de première d'aussi loin qu'elle s'en souvienne.

La première fois qu'elle l'avait vu, elle fêtait ce jour-là ses six ans. Il en avait quinze.

Leurs pères respectifs étaient engagés dans une bataille commerciale acharnée. Assise sur une banquette à l'extérieur de la salle des négociations, elle lorgnait depuis un bout de temps sur le buffet à proximité, qui proposait tout un éventail de petits-fours et de friandises. Son père lui avait défendu d'y toucher. Elle était cependant quasi certaine que l'injonction paternelle ne concernait pas le cupcake au chocolat posé à portée de sa main. Après tout, c'était son anniversaire. Mais juste comme elle achevait de s'en persuader et s'apprêtait à s'en saisir, un garçon blond, immense – à l'époque, elle l'avait pris pour un adulte –, s'était approché, avait pris le gâteau qu'elle convoitait et n'en avait fait qu'une bouchée.

Il s'était ensuite tourné vers elle et l'avait regardée. Il y avait eu comme une lueur gênée dans ses yeux bleu glacier, vite remplacée par un mépris dédaigneux.

Elle avait découvert plus tard qu'il était le fils unique du principal rival de son père en affaires.

Gunnar Magnusson – fils de Magnus Ragnarson, ennemi juré de James Monroe – avait englouti son cupcake.

Il avait *gâché* son anniversaire.

En toute objectivité, elle aurait pu accuser son père d'y avoir contribué, vu qu'elle avait passé une bonne partie de cette fameuse journée sur une banquette à attendre la fin de ses tractations commerciales. Mais il était son seul parent, son seul repère.

Olive avait en effet perdu sa mère quand elle n'était encore qu'un bébé, et plutôt que de la confier à des nounous, son père avait choisi très tôt de l'emmener partout avec lui. Il l'avait intégrée dans son univers – celui de son entreprise. Alors, ce jour-là, même si elle avait été forcément déçue de ne pas avoir eu de fête d'anniversaire avec d'autres enfants, un gros gâteau et des tours de poney, ce n'était pas grave. Il était plus facile de rejeter la faute sur Gunnar Magnusson. D'autant que ce dernier avait le don de l'horripiler et qu'il ne se gênait pas pour la provoquer dès qu'ils se croisaient. Ce qui arrivait fréquemment, car leurs pères se disputaient les mêmes marchés dans le secteur des nouvelles technologies.

Elle avait cependant connu une période de répit quand Gunnar avait monté sa propre société à la fin de ses études d'ingénieur. Il avait alors disparu de son champ de vision durant quelques années, en dehors bien sûr des événements mondains auxquels il assistait, généralement vêtu d'un smoking, incroyablement séduisant et causant des ravages sur sa santé mentale.

Elle se souvenait encore de cette soirée caritative quand elle avait quinze ans. À la seconde où il s'était avancé dans le hall de l'hôtel, elle avait eu l'impression que la Terre basculait sur son axe.

Avec sa silhouette athlétique, sa chevelure blonde, ses dents d'une blancheur éclatante et ses yeux couleur d'aigue-marine, il était beau à tomber. Au sens figuré comme au sens littéral du terme… Olive était tombée à la renverse dans un bac à plantes.

Comble de l'humiliation, c'était Gunnar qui avait surgi sous son nez pour la relever. Ses grandes mains chaudes et viriles avaient enveloppé les siennes, lui donnant l'impression d'être une pauvre petite créature sans défense, rougissante, honteuse de sa chute disgracieuse, et toute chamboulée. Comme le jour de ses six ans, quand il avait englouti le cupcake qu'elle convoitait. Enfin, pas tout à fait… Ce soir-là, il y avait eu quelque chose de différent.

Maintenant qu'elle n'avait plus quinze ans, elle savait de quoi il s'agissait. Mais à l'époque, à aucun moment, elle ne s'était doutée qu'elle éprouvait pour la première fois les symptômes de l'attraction sexuelle.

Deux ans plus tard, Magnus Ragnarson était décédé.

« Nous devons assister à ses funérailles, Olive »

Elle avait regardé son père avec des yeux ronds.

« Mais c'était ton pire adversaire. Tu le détestais. »

« Le fer aiguise le fer. Notre rivalité m'a rendu plus fort. »

Olive avait alors réalisé la nature complexe d'une telle relation. Et d'une certaine façon, elle avait été soulagée. Ses sentiments pour Gunnar étaient probablement du même ordre. Il ne s'agissait pas d'une rivalité où vous rêviez d'envoyer votre ennemi rôtir en enfer. Non, vous aviez simplement besoin d'un adversaire de qualité auquel vous confronter pour devenir plus performant.

C'est à ce moment-là que Gunnar avait été nommé à la tête de Magnum Enterprises et qu'il était réapparu dans la vie d'Olive de façon régulière, mais plus du même côté de la barrière. Il entrait désormais dans la salle des négociations tandis qu'elle restait à l'extérieur.

« Un jour, c'est toi qui seras à la lutte avec lui, lui avait dit son père. Il ne me reste peut-être plus beaucoup de temps, avait-il ajouté avec un soupir résigné. Tu es une fille intelligente, Olive. Mais pour gagner, rappelle-toi qu'il s'agit d'une compétition sans pitié. Ne laisse jamais les émotions obscurcir ton jugement. »

Elle gardait ces paroles à l'esprit. Parce que depuis six mois, c'était elle qui négociait les marchés pour Ambient Technologies, l'entreprise dont elle avait hérité.

Et Gunnar était son adversaire.

Ils étaient semblables, capables de batailler des jours durant, sans rien lâcher, pour décrocher un contrat.

Mais cette fois… Cette fois, l'enjeu était énorme. Elle allait devoir se battre pour l'ultime projet de son père. Celui sur lequel il avait travaillé durant des années et que la maladie ne lui avait pas laissé le temps d'achever : intégrer leur système d'écran tactile dans la plus grande flotte au monde de véhicules électriques.

Si elle décrochait ce marché, ce serait un sacré revers pour Gunnar, lui dont la multinationale était à l'avant-garde du développement des énergies renouvelables et des transports connectés. Ambient Technologies était encore loin derrière, mais Olive avait entrepris de rattraper ce retard. Son père avait dirigé l'entreprise de façon traditionnelle. Tout comme son rival, Magnus Ragnarson. Sauf que Gunnar était à la tête de Magnum Enterprises depuis sept ans, tandis qu'Olive dirigeait Ambient depuis seulement six mois, travaillant d'arrache-pied pour prendre le relais de son père et accomplir ce pour quoi il l'avait formée dès son plus jeune âge.

Aujourd'hui, elle devait à tout prix gagner. Et elle n'éprouvait aucune culpabilité concernant la façon dont elle avait obtenu des informations capitales pour le match à venir. Le procédé s'apparentait certes à de l'espionnage industriel, mais tous les moyens étaient bons pour décrocher ce marché et assurer l'avenir d'Ambient qui pourrait alors investir dans le développement de nouvelles technologies destinées aux véhicules électriques. Et par la même occasion, Olive n'aurait plus à croiser Gunnar pendant… Eh bien, pendant une bonne dizaine d'années. Parce qu'avec les moyens dont elle disposait, elle n'aurait d'autre choix que de consacrer tout son temps et son énergie à ce contrat.

Mais la partie était loin d'être gagnée.

La technologie de Magnum Enterprises était omniprésente dans le monde de l'industrie. Elle gérait notamment la plupart des systèmes de navigation aérienne. Et plus les transports devenaient connectés, plus la compétition était rude. Ambient était cependant en bonne position dans ce secteur avec le lancement d'un écran tactile fluide, intuitif et esthétique, plus adapté à une utilisation grand public que les technologies développées par son concurrent direct. Des technologies qu'Olive jugeait complexes, non intuitives et peu attrayantes visuellement parlant. De ce point de vue, le système d'Ambient était tout simplement meilleur.

Il ne lui restait plus qu'à en convaincre son client japonais.

Encore vingt minutes avant le début de la réunion. Et elle salivait déjà, prise d'une furieuse envie de cupcake au chocolat.

Maudit Gunnar !

Si son père avait vu dans son rival le fer contre lequel s'aiguiser, la situation était radicalement différente entre elle et Gunnar. Il ne la rendait pas plus performante. Bien au contraire. Il la déconcentrait. Sa seule présence lui embrouillait l'esprit.

Alors, cette fois-ci, elle avait anticipé pour être certaine de gagner. Pour être celle que son père avait voulu qu'elle soit. Une battante. Une femme dure en affaires. Comme dans tout le reste.

Un bruit de pas dans son dos la fit se retourner.

Il était là.

Elle le regarda approcher, incroyablement séduisant dans un costume bleu marine soulignant son corps athlétique, sa blondeur et le bleu de ses yeux dont elle était certaine qu'ils pouvaient voir à travers le col roulé noir qu'elle portait sur un jean noir lui aussi.

Elle n'avait toujours pas adopté le tailleur pour femme d'affaires.

— Petite Olive, dit-il. Content de te voir.

Il l'appelait toujours ainsi.

« Petite Olive, tu tiens le coup ? » lui avait-il demandé au pire moment de sa vie, alors qu'elle venait d'enterrer son père et qu'elle se sentait plus seule que jamais.

Ces quelques mots l'avaient fait craquer. À cause de la façon dont il les avait prononcés, de l'intonation de sa voix, du mouvement de ses lèvres et de son regard… Dans son regard aigue-marine, l'habituelle lueur de défi avait cédé la place à quelque chose qu'elle n'y avait jamais vu : l'inquiétude. Elle avait éclaté en sanglots, laissant enfin libre cours à son chagrin. Il l'avait prise dans ses bras, et elle s'était blottie contre lui.

Refoulant ce souvenir, elle plaqua un sourire sur ses lèvres.

— Salut, Gunnar. Pas de villages incendiés, ni d'enlèvement de femmes aujourd'hui ?

Il haussa un sourcil, amusé.

— Les Vikings ne vivent pas que de pillages.

— Vraiment ?

— Je suis là pour affaires, Olive. Pas pour piller. Je sais bien que tu adores jouer les victimes, mais rien ne t'oblige à affronter plus fort que toi.

— Il m'arrive de gagner, Gunnar. Comment peux-tu prétendre être le plus fort ?

Il lui offrit un sourire suave.

— Tout simplement parce que certaines personnes de ma connaissance privilégient la forme plutôt que l'efficacité.

— Détrompe-toi. Certaines personnes sont capables d'innover et de proposer les deux. Tandis que d'autres sont incapables d'originalité, ajouta-t-elle en se rapprochant de lui pour donner une petite chiquenaude au revers de sa veste.

Geste qu'elle regretta aussitôt. L'électricité grésilla entre eux. Et elle essaya, elle essaya *vraiment*, de se souvenir qu'il était l'homme le plus arrogant, le plus exaspérant qu'elle ait jamais croisé. Elle essaya de se souvenir de toutes les fois où ils s'étaient disputés.

Pas de la fois où il l'avait sortie du bac à plantes.

Et surtout pas de la fois où il l'avait ramenée chez elle après l'enterrement. Il l'avait laissée pleurer, puis l'avait prise dans ses bras et portée jusqu'à sa chambre. Arrivé devant la porte, il l'avait reposée à terre. Les yeux brûlants de larmes, elle avait mis la main sur son torse et senti son cœur accélérer sous ses doigts. Il avait laissé sa veste au salon et déboutonné le col de sa chemise. Elle avait eu envie de lui… Une envie impérieuse. Elle l'avait désiré avant, mais de façon fugitive. À cet instant, elle aurait voulu qu'il la déshabille et lui fasse l'amour. Alors, elle s'était dressée sur la pointe des pieds, la bouche à un souffle de la sienne.

Il s'était écarté.

« Non, Olive. Va te coucher. Tu es épuisée, tu as du chagrin et demain matin tu m'en voudrais si je te laissais faire. »

Son refus lui avait fait mal. Il lui faisait encore mal.

Plus tard, quand ils s'étaient revus à l'occasion d'un salon professionnel, Gunnar s'était comporté comme si cet épisode n'avait jamais eu lieu.

Son indifférence l'avait indignée, et en même temps Olive avait été soulagée qu'il n'ait pas cherché à l'humilier en lui rappelant sa stupide tentative de baiser.

Mais elle n'était pas guérie pour autant. Six mois plus tard, son désir pour cet homme était toujours là. Il était là depuis des années, alimentant ses fantasmes. Depuis des années, elle s'endormait en rêvant qu'elle était enlevée par un barbare venu du froid, ressemblant trait pour trait à Gunnar Magnusson… C'était son secret. Elle collectionnait les romans d'amour au temps des Vikings. Le dernier de Caitlin Crews avait notamment occupé une bonne partie de sa soirée de la veille.

Ce n'était sans doute pas ce qu'elle aurait dû lire avant son match avec Gunnar. Mais à vrai dire, qu'elle lise ou non ce genre de littérature avant de le voir ne changeait rien. Il monopolisait cette part irrationnelle d'elle où se mêlaient fantasmes, sexe et romantisme.

Elle n'avait jamais eu de relation amoureuse, ni même de petit ami, prétendument parce qu'elle consacrait tout son temps à l'entreprise paternelle. Mais la vérité était tout autre. Bien plus scandinave…

C'était à cause de lui.

Constat qui ne faisait que renforcer sa détermination à décrocher ce contrat. Non seulement pour réaliser le rêve de son père et être à la hauteur de ses espoirs. Mais aussi, et surtout, pour écarter Gunnar de sa vie et être enfin libérée de ce fatras de sentiments chaotiques qui parasitaient son cerveau.

— Très originale, en effet, ta tenue de femmes d'affaires, fit-il en désignant son col roulé.

— Je n'essaye pas d'être originale. J'essaye simplement de ne pas perdre mon temps avec des détails qui n'ont rien à voir avec l'innovation technologique.

Gunnar lui décocha un sourire suffisant, accompagné d'un haussement d'épaules désinvolte.

— Je t'ai apporté quelque chose, enchaîna-t-il en ouvrant son attaché-case.

Elle savait ce que c'était.

Il lui tendit alors le cupcake au chocolat qu'il avait pris l'habitude de lui offrir avant chaque duel autour de leurs produits respectifs pour décrocher un contrat.

Il avait beau faire comme si c'était un signe de paix, Olive n'y croyait pas une seconde. C'était une de ses manœuvres pour la déstabiliser juste avant leur confrontation. Le problème, c'était qu'il avait réussi à la conditionner et qu'elle avait maintenant besoin de ce rituel avant d'entrer dans l'arène.

— Merci, marmonna-t-elle en prenant le gâteau.

Son estomac gronda. Elle fit la sourde oreille et se mit à lécher délicatement le glaçage au chocolat. Quand elle releva les yeux sur son adversaire, elle nota ses pupilles qui s'étaient dilatées.

La fièvre était réciproque.

— Tu sais, Gunnar, celui qui décrochera ce marché va devoir s'y consacrer à 100 %. Si bien que nous ne nous verrons plus pendant un bout de temps.

— Sans doute.

Elle fit tourner le gâteau tout en passant lentement la langue sur la crème au chocolat, sans rompre le contact visuel.

— Tu vas me manquer, susurra-t-elle. À moins que ce ne soient les cupcakes.

— Je t'abonnerai à un service mensuel de livraison de pâtisseries.

Olive pressa une main sur son cœur dans un geste théâtral et dévisagea Gunnar, la mine faussement affligée.

— C'est gentil, ça me consolera. Que comptes-tu faire après la perte de ce contrat ? Tu vas prendre des vacances avant de rebondir sur d'autres projets ?

— Je ne perdrai pas ce contrat, Olive.

Elle lui offrit un sourire mielleux.

— Bien sûr que si. Fais-toi une raison, prépare-toi à la défaite.

Retroussant la lèvre supérieure dans un sourire diabolique, Gunnar tapota la blancheur éclatante de ses incisives.

— Tu as du chocolat. Juste là.

— Evidemment, idiot ! fit-elle en refermant la bouche pour passer rapidement la langue sur ses dents. Je mange du chocolat.

— Je sais. Mais tu préfères peut-être arranger ça avant le début de la présentation.

Olive poussa un soupir, agacée.

— J'en ai pour une seconde.

Elle passa aux toilettes s'assurer que ses dents étaient parfaitement blanches, et quand elle ressortit, Gunnar l'avait devancée dans la salle de réunion et s'était déjà installé devant l'écran interactif pour présenter son produit.

Le pauvre ! S'il croyait la déstabiliser avec ses manœuvres puériles, il allait être surpris. Pour un peu, elle aurait eu pitié de lui. Il n'allait pas comprendre ce qui lui arrivait.

Elle connaissait très exactement le contenu de son pitch. Elle connaissait son système d'interface graphique dans les moindres détails depuis des semaines. Et, bien entendu, elle avait adapté en conséquence sa propre technologie.

Sereine, elle écoutait son exposé d'une oreille distraite, captivée malgré elle par les mains de Gunnar. Captivée par la façon dont ses longs doigts bronzés effleuraient les visuels pour les faire défiler sur l'écran. Captivée par les inflexions graves de sa voix, la largeur de ses épaules, sa crinière blonde… Une vivante incarnation du guerrier viking.

Une fois de plus, elle se demanda comment on pouvait mourir d'envie de tordre le cou à quelqu'un et ne désirer coucher qu'avec lui. Ce n'étaient pourtant pas les hommes qui manquaient autour d'elle, et elle n'était pas du genre pudibond – ses lectures en témoignaient. Mais elle avait depuis longtemps décidé qu'il était inutile d'engager une liaison avec un homme qui ne déclencherait pas chez elle la moitié de l'excitation provoquée par Gunnar Magnusson. Parce que si un homme qu'elle exécrait était capable de déclencher des picotements dans certaines parties inavouables de son anatomie, un homme qu'elle apprécierait devrait pouvoir en faire autant d'un seul regard. Ce qui n'était encore jamais arrivé. Elle avait bien embrassé quelques hommes, mais pas un seul de ces baisers n'avait alimenté ses fantasmes pendant des semaines comme suffisait à le faire un simple regard en coin de Gunnar.

Il y avait aussi eu cet instant chez elle, devant la porte de sa chambre, quand ils avaient été si proches qu'elle avait senti la chaleur de son corps contre le sien, les battements de son cœur sous sa paume, son souffle sur ses lèvres… Cet instant la hantait encore maintenant. Et même s'ils faisaient comme si rien ne s'était passé, elle ne pouvait oublier ce qu'elle avait décelé dans ses yeux. Cette sollicitude inattendue, ce soupçon de tendresse…

Et après ? Et après, si elle ne réussissait pas à se désintoxiquer de cet homme, il n'y en aurait jamais d'autre.

Elle laissa échapper un soupir et s'arracha à ses pensées. Gunnar avait terminé sa présentation et lui cédait la place.

— Merci, monsieur Magnusson. C'était très intéressant. Je pense cependant que la technologie que je vais vous présenter est plus adaptée à vos besoins, monsieur Yamamoto.

Sur ce, elle procéda à un assassinat en règle du système proposé par Magnum Enterprises. Elle avait identifié chaque défaut de conception, chaque faille, chaque faiblesse, pour y apporter sa solution. Elle avait ainsi mis au point une interface graphique pratique, simple d'utilisation, accessible à toute personne montant dans un véhicule électrique.

Et ce fut elle qui remporta le marché.

— Félicitations, mademoiselle Monroe. Votre système répond parfaitement à nos attentes.

Gunnar ne discuta pas. Ce n'était pas la première fois

qu'il perdait contre Olive. Mais c'était sans conteste sa plus grosse défaite. Bon joueur, il serra la main de M. Yamamoto avec un sourire et attendit Olive pour quitter la salle avec elle et prendre la direction de l'ascenseur.

— Belle victoire. Ton système est excellent.

— Venant de ta part, c'est un sacré compliment.

— Je sais reconnaître ce qui est bon. Tu as prévu quelque chose pour ta soirée à Tokyo ?

— Pas vraiment.

Sushis dans ma chambre d'hôtel et suite de mon roman.

— Je vois. Tu es à quel hôtel ?

— Celui qui se trouve au bout de la rue.

Ils entrèrent tous les deux dans l'ascenseur. La porte se referma.

Il la regarda.

Elle le regarda à son tour et sourit.

— Comment sont mes dents ?

— Aiguisées.

— Parfait. C'est pour mieux te manger.

— C'est ce que tu viens de faire.

— J'espère que tu ne le prends pas mal.

— En affaires, on ne gagne pas toujours. Il faut savoir perdre.

Olive acquiesça d'un petit signe de tête et détourna les yeux pour regarder droit devant elle.

Son adversaire n'apprécierait sans doute pas de savoir qu'elle avait une taupe dans son entreprise, mais elle s'en fichait. Elle avait fait d'une pierre deux coups. Elle avait décroché le contrat du siècle, et Gunnar allait enfin sortir de sa vie. Il allait cesser de l'obséder. Elle ne se réveillerait plus la nuit en sursaut, le cœur battant la chamade, tremblante d'un orgasme déclenché pendant son sommeil parce qu'elle avait rêvé du corps nu de Magnus en train de lui faire l'amour.

Oui, elle était plutôt satisfaite.

J'ai réussi, papa. Tu peux être fier de moi.

— Et toi, dans quel hôtel es-tu descendu ?

— Je crois que c'est le même que toi.

— Normal, c'est le plus proche à pied.

C'était le problème avec Gunnar. Ils raisonnaient de la même façon.

Ils remontèrent la rue jusqu'à leur hôtel et traversèrent le hall en direction des ascenseurs.

— Dernier étage, précisa Olive.

— Idem pour moi.

Ils prirent de nouveau le même ascenseur. Mais cette fois, quand la porte se referma, Olive eut l'impression que son cœur battait dans ses oreilles.

— Tu veux venir prendre un verre pour fêter ta victoire ? demanda Gunnar.

— Avec plaisir.

— Parfait.

Olive sentit une étrange chaleur l'envahir. La part rationnelle de son cerveau cessa soudain de fonctionner, et quand la porte de l'ascenseur s'ouvrit, elle suivit Gunnar dans la direction opposée à celle de sa chambre.

Il ouvrit la porte de sa suite.

— Après toi, fit-il en s'effaçant pour la laisser entrer.

La suite était luxueuse. Les baies vitrées offraient un panorama fantastique sur la ville.

Olive s'approcha pour contempler les rues en contrebas, grouillantes de vie.

— J'adore les grandes villes.

— Je préfère la montagne.

Elle se retourna. Gunnar était devant le bar, les mains posées bien à plat sur le marbre noir du comptoir.

Des mains magnifiques.

— Mais on est souvent seul en montagne.

— Justement, j'aime la solitude.

— Pas moi. J'ai besoin de voir de l'animation. Les

réunions professionnelles, les salons technologiques, les réceptions où l'on établit des contacts… c'est ce que j'aime.

Normal, elle n'avait pas de vie en dehors de l'entreprise. Sa vie personnelle était un désert. Mais c'était par choix. Son père lui avait appris à nouer des relations utiles, tout en restant sur ses gardes. Être conviviale, mais ne jamais rien dévoiler de soi. C'était la règle d'or en affaires, comme dans tout le reste.

D'une certaine façon, elle vivait constamment avec ses émotions sous contrôle. Alors, bien sûr, elle éprouvait parfois le besoin de décompresser après une journée de travail. Généralement, avec un bon bain chaud et un roman.

Elle n'aurait pas dû penser au bain. Pas devant Gunnar…

Elle perçut soudain un changement entre eux. Quelque chose dans l'air, peut-être.

Elle déglutit péniblement.

Que faisait-elle ici ? Pourquoi l'avait-elle suivi ?

Tu le sais très bien. Tu es venue pour ça, susurra une petite voix tentatrice dans sa tête.

Non. Elle devait garder le contrôle. Ce serait trop dangereux. Il n'y avait aucun risque à lire des romans d'amour, seule dans son lit. Aucun risque à vivre seule. Aucun risque à se sentir seule.

D'un autre côté, compte tenu du contrat qu'elle venait de décrocher, elle ne reverrait plus Gunnar d'ici un bout de temps. Il était même possible qu'ils ne se croisent plus jamais.

C'était le moment.

La première fois qu'elle avait songé à l'embrasser, elle avait dix-sept ans. Il lui avait décoché un sourire moqueur alors qu'il se préparait à affronter son père. Il avait gagné la négociation, et elle avait passé le vol retour à rêver de lui, honteuse de trahir son père d'une certaine façon.

Au fil des ans, ses rêves étaient devenus de plus en plus

adultes, de plus en plus érotiques. Et ni le temps, ni leur rivalité, ni la raison ne les avaient émoussés.

Six mois plus tôt, quand elle avait voulu faire de ses rêves une réalité, Gunnar avait refusé.

Mais aujourd'hui, elle n'était pas en deuil. Elle n'était pas épuisée ni assommée par le chagrin.

Il ne pourrait pas avancer ce genre d'excuse.

Et si elle devait affronter un nouveau refus de sa part, elle n'aurait pas à subir l'humiliation de le croiser ensuite. Alors, pourquoi ne pas prendre le risque ?

C'était maintenant ou jamais.

— Je sais que tu n'aimes pas beaucoup mes cols roulés. Je pourrais peut-être tout simplement…

Sans hésiter, elle saisit le bas de son pull et le fit passer par-dessus sa tête.

2.

Le souffle court, Olive dévisagea Gunnar, attendant sa réaction.

Elle portait un simple soutien-gorge en coton blanc sous son pull. Franchement, elle n'avait pas prévu de faire un truc aussi dingue. Mais c'était plus fort qu'elle. Il fallait qu'elle le fasse. Il fallait qu'elle essaye.

Elle avait consacré sa vie au rêve de son père. Par loyauté et par amour.

Cette fois, il s'agissait de son rêve à elle.

Son cœur cognait contre ses côtes, la faisant trembler tout à la fois d'excitation et d'appréhension.

Gunnar allait-il la repousser de nouveau ?

Allait-il se moquer d'elle ou bien se transformer en séducteur ?

Même s'il ne faisait pas étalage de ses conquêtes, il jouissait d'une réputation d'amant exceptionnel. Naturellement, Olive n'était pas allée fouiner sur Internet pour en savoir davantage. Du moins pas depuis un bout de temps.

Pour l'instant, il ne souriait pas. Il ne faisait rien non plus pour la mettre à l'aise et la rassurer. Pas du tout. Il semblait de marbre.

Soudain, il se redressa et commença à dénouer sa cravate tout en s'approchant d'elle, son regard d'un bleu intense chargé d'électricité comme le ciel avant l'orage.

Olive en eut le souffle coupé.

— Oh ! lâcha-t-elle.

Ce fut le seul son qu'elle réussit à émettre avant qu'il l'enserre dans l'étau de ses bras et s'empare de sa bouche avec une sorte de rage, dans un torrent de passion brusquement libéré, menaçant de tout emporter sur son passage.

Enfin ! Enfin, il l'embrassait ! Et c'était au-delà de tout ce dont elle avait pu rêver. C'était le baiser d'un Viking.

Il emprisonnait sa bouche, la pillait. Et en dépit de son inexpérience, Olive était prête à tout lui donner. Il alimentait ses fantasmes depuis si longtemps…

Elle lui retira sa cravate, qu'elle jeta par terre.

— Merci d'être si bon perdant, dit-elle en ouvrant sa chemise.

Dieu qu'il était beau !

Elle fit glisser les mains sur sa peau dorée, couverte d'un duvet blond. Ses muscles puissants et bien dessinés se soulevaient au rythme de sa respiration. Ses mamelons ronds et plats durcirent sous ses doigts.

Il était tout ce dont elle avait rêvé. Et plus encore…

Il se pencha pour lui mordiller le cou.

— Ça devait fatalement se terminer ainsi, Olive.

Le soulagement l'envahit. Lui aussi la désirait.

Mais toutes ces années passées à apprendre à se protéger de lui et de tout réveillèrent ce qui restait de son instinct de préservation.

— Pas du tout, protesta-t-elle, niant l'évidence.

Son corps était programmé pour ne réagir qu'à Gunnar Magnusson, même si l'homme était arrogant, manipulateur et exaspérant au possible.

D'un autre côté, elle était ambitieuse et combative. Elle ne supporterait pas un homme qui ne le soit pas autant. Il n'y avait donc rien d'étonnant à ce qu'elle soit attirée par la version moderne du barbare scandinave, aussi à l'aise en costume cravate qu'avec une hache dans les mains.

Et puis, surtout… elle rêvait secrètement d'un homme

suffisamment fort pour la dominer. Un homme auquel elle aurait envie de se soumettre.

— Si. C'était fatal, chuchota-t-il tout contre son oreille en glissant la main sous la ceinture de son jean, puis dans sa petite culotte.

Ses doigts glissèrent entre ses cuisses.

— N'est-ce pas, petite Olive ?

La tension dans sa voix manqua de la faire défaillir. Elle posa le front contre son torse en étouffant un gémissement.

Il la caressa avant d'introduire en elle un doigt qui la fit se tordre de plaisir et s'agripper à ses épaules.

— Gunnar !

— Tu es si brûlante et humide que ce n'est sûrement pas la première fois que tu penses à coucher avec moi. Tu as déjà dû y songer. Souvent. Pas seulement le soir où tu as essayé de m'embrasser.

Elle aurait voulu lui avouer qu'il était le seul homme qu'elle ait jamais désiré. Qu'elle rêvait de lui depuis des années. Qu'elle avait songé à se faufiler jusqu'à lui le jour de ses dix-huit ans – un anniversaire de plus passé seule dans des bureaux à cause des affaires paternelles. Une soirée de plus où Gunnar avait réservé une chambre d'hôtel voisine de la sienne.

Elle s'était dit qu'elle pouvait désormais coucher avec lui puisqu'elle en mourait d'envie et qu'elle était majeure. Elle était allée jusqu'à sa porte, mais au dernier moment le courage lui avait manqué. Elle avait eu peur qu'il la repousse.

Ce soir, elle ne reculerait pas.

Mais elle ne lui dirait pas qu'elle rêvait de lui. Elle ne lui dirait pas qu'elle était folle de lui depuis des années. Il ne saurait rien de ses fantasmes. Il ne saurait rien de sa part la plus secrète.

Il introduisit un deuxième doigt en elle et planta ses yeux bleus dans les siens.

— Tu aimes ça.

Osant faire ce que son instinct lui dictait, elle glissa audacieusement une main sur le devant de son pantalon et dut faire un effort héroïque pour ne pas réagir au contact de son sexe dur et si imposant qu'elle eut une seconde d'appréhension.

— Toi aussi, murmura-t-elle.

Il écarta sa main, et elle faillit protester quand il abandonna son corps. Mais ensuite, elle sentit ses doigts glisser dans son dos pour dégrafer son soutien-gorge. Et le simple fait d'être ainsi dévoilée à ses yeux ne fit qu'accroître son excitation.

À son tour, elle lui retira sa veste et sa chemise. Puis elle recula et se débarrassa de ses chaussures, de son jean et de sa petite culotte.

Un instant, elle se tint nue devant lui, puis elle alla s'asseoir sur le canapé de velours noir, de cette façon digne qui lui avait été enseignée durant ses cours de maintien.

Les lèvres de Gunnar se retroussèrent en un sourire et, lentement, il défit sa ceinture, la fit glisser dans ses paumes et la laissa tomber à terre. Le bruit fit à Olive l'effet d'une décharge électrique, affolant ses terminaisons nerveuses.

— Tu caches bien ton jeu, petite Olive.

— Et toi, *tu* fantasmes sur moi depuis combien de temps ?

Puisqu'il prenait un malin plaisir à essayer de lui faire avouer qu'elle le désirait depuis longtemps, pourquoi n'en ferait-elle pas autant ?

— Ce n'est pas une question à poser.

Il s'attaqua à la fermeture de son pantalon, envoya valser ses chaussures et se débarrassa de tout le reste.

Olive ne le quittait pas des yeux.

Son corps était parfait, son torse musclé sans excès, ses bras et ses jambes puissants, et son érection si impressionnante qu'elle douta soudain d'être prête…

— Ecarte les jambes, dit-il.

Elle soutint son regard. Parce qu'elle n'était pas du genre à reculer devant un défi, surtout quand il s'agissait d'un défi lancé par Gunnar Magnusson.

Elle s'assit bien droite au bord du canapé et s'ouvrit pour lui.

Immobile, il ne fit pas un geste, se contenant de la dévorer des yeux. Et même s'il ne la touchait pas, elle sentait la brûlure de son regard comme s'il la caressait.

Le désir se répandit dans son corps. Ses mamelons durcirent tandis que naissait entre ses cuisses une pulsation si lancinante qu'elle bougea la main, pour se soulager elle-même.

— Non ! lui ordonna-t-il, l'arrêtant dans son geste. Tu jouiras quand je t'y autoriserai.

— C'est macho.

— Si tu veux jouer avec moi, tu dois suivre mes règles, Olive. D'accord ?

À présent, elle tremblait comme une feuille. Parce qu'elle était en train de vivre ses fantasmes les plus sombres, les plus honteux.

Il avança vers elle, le regard étincelant, conquérant. Il glissa les doigts sur sa nuque, entortilla ses cheveux autour de son poignet et tira dessus pour l'obliger à lever le visage vers lui. Puis il se pencha pour l'embrasser, sa bouche ferme et exigeante promesse de ce qu'il pourrait faire à d'autres endroits de son corps avec sa langue.

Puis sans lâcher sa tête, il se redressa et guida son érection vers ses lèvres. Elle les entrouvrit, passa la langue autour de l'extrémité de son sexe et le prit plus profondément dans sa bouche, en le titillant avec les dents avant de le lécher.

C'était son fantasme. Jouer les soumises et le rendre fou de désir. Elle en avait si souvent rêvé qu'elle avait l'impression de savoir très exactement ce qu'il fallait faire. Les romans lui avaient offert des descriptions explicites de l'acte, alimentant son imaginaire. Elle s'était vue le faire avec lui dans une limousine. Sous la table d'une salle de réunion… Oui, elle avait déjà exploré ce territoire en pensée. Elle s'y perdait à présent. Électrisée par les réactions de Gunnar à ses caresses, le tressaillement de ses hanches, sa respiration saccadée. Enivrée par un sentiment de toute puissance.

Il se retira brusquement.

— Assez. À mon tour, maintenant.

S'agenouillant, il lui écarta davantage les cuisses, étreignit ses fesses et inclina la tête vers son sexe, qu'il se mit à dévorer. Suçant, léchant son clitoris à petits coups de langue appuyés, tout en enfonçant deux doigts en elle, ses mains œuvrant de concert avec sa bouche dans un rythme lancinant, obsédant.

— Gunnar, gémit-elle en empoignant ses cheveux.

— Tu peux jouir maintenant, murmura-t-il contre son sexe.

Et quand il happa de nouveau son clitoris pour le faire rouler sous sa langue, le plaisir l'emporta vague après vague, faisant voler son monde en éclats.

Comme ses tremblements s'apaisaient, il la renversa sur le canapé et, s'étendant sur elle, pressa son érection entre ses jambes, la torturant de nouveau.

— S'il te plaît, gémit-elle.

— Quoi ?

— J'ai envie de toi.

— C'est ce que tu veux, petite Olive ? Tu veux que je te prenne pour en finir avec ce qui te tourmente ?

— Oui, je t'en prie…

Il baissa les hanches entre ses cuisses, et s'enfonça en elle avec une telle force et si profondément qu'elle en fut d'abord choquée, effrayée, puis excitée.

Renversant la tête en arrière, elle gémit, transpercée par un nouvel assaut de jouissance.

— Ce désir entre nous ne s'éteindra pas, dit-il contre sa bouche. Tu n'en auras jamais fini avec moi. Tu ne m'oublieras pas.

Puis, il se mit à aller et venir en elle, l'atteignant au plus profond de son être. Et elle crut qu'elle allait mourir de plaisir.

— Toi non plus, tu ne m'oublieras pas, trouva-t-elle la force de murmurer.

— Alors, donne-moi tout maintenant.

Et elle lui donna tout, sans retenue, tremblante entre ses bras, tandis qu'il la possédait avec la férocité du Viking qu'il était dans l'âme, jusqu'à ce qu'elle ne soit plus qu'un corps écartelé, désintégré sous la violence de l'orgasme.

Il s'immobilisa au-dessus d'elle, puis dans un ultime assaut la rejoignit dans l'extase, déversant sa chaleur en elle.

C'était fini.

Elle avait obtenu ce dont elle avait rêvé depuis si longtemps.

Alors, pourquoi frissonnait-elle intérieurement ? Pourquoi cette soudaine envie de fondre en larmes ?

Pourquoi se sentait-elle perdue ?

— Félicitations pour ton succès, dit-il en se redressant.

Il s'éloigna du canapé et disparut dans la salle de bains.

Olive resta étendue un instant, puis se leva et ramassa ses vêtements. Elle était bouleversée. Les nerfs à vif. Mais elle avait le sourire aux lèvres.

Elle avait gagné. Elle avait gagné sur tous les plans.

Elle avait décroché le contrat et n'aurait plus à revoir Gunnar.

Elle avait réussi à vivre son fantasme avant de couper les ponts. À présent, quand elle irait se coucher seule, les images dans sa tête seraient bien réelles. Ce ne serait plus de la fiction.

Elle avait toujours su qu'entre elle et Gunnar, il n'y aurait qu'une seule fois. C'était impossible autrement.

Mais ce moment resterait à jamais gravé dans sa tête et dans son cœur. Ce moment était tout ce dont elle avait rêvé.

Elle n'avait pas besoin de plus.

3.

Londres, deux mois plus tard.

Quand il lut le nom d'Olive Monroe sur la couverture du mémo que lui présentait l'un de ses assistants, Gunnar crut à une hallucination.

Olive le hantait, peuplant ses rêves érotiques les plus fous. Et ses pires cauchemars. Il se réveillait la nuit, en sueur, entortillé dans ses draps, le corps en feu.

Il n'avait pas l'habitude de la frustration. Quand il désirait quelque chose, il l'obtenait. Que ce soit un cupcake au chocolat ou une femme. Mais avec Olive Monroe, c'était une autre histoire.

Elle était la seule personne sur cette Terre qu'il comprenait aussi bien. Et la seule femme qu'il ait à ce point dans la peau.

Un autre homme que lui aurait peut-être pu appeler cela de l'amour. Mais il n'était pas ce genre d'homme. Il croyait à la force de la raison et, plus important encore, à la force de la volonté pour maîtriser ses actes et ses sentiments. Aussi considérait-il qu'il s'agissait entre eux ni plus ni moins que d'une sorte de fascination et d'une indéniable attirance physique, doublées d'un sentiment protecteur, depuis que l'adolescente maigrichonne s'était transformée en une séduisante jeune femme, avec sa luxuriante chevelure aux reflets acajou, ses pommettes larges, son petit menton fin, et ses grands yeux sombres étirés vers les tempes, oscillant entre désir et innocence, assurance et… incertitude.

Mais s'il avait l'habitude d'obtenir des femmes ce qu'il voulait, c'était dans les limites de la moralité. Il séduisait celles qui savaient elles aussi ce qu'elles voulaient. Il séduisait des femmes qui connaissaient les désirs et les exigences de leurs corps.

Gunnar savait ce qu'Olive Monroe désirait. Il le savait depuis longtemps. Il aurait pu le lui montrer bien avant ce fameux soir à Tokyo. Mais il avait mis un point d'honneur à être l'antithèse de son père, un salaud de la pire espèce. Un salaud qu'il avait idolâtré pendant des années avant de comprendre le genre d'homme qu'il était réellement.

C'était cette obsession de ne pas lui ressembler qui l'avait empêché de toucher Olive. Cette obsession d'être l'exact opposé de ce père sans scrupule qui séduisait des femmes pour mieux les détruire, qui pillait les ressources de la Terre et payait ses employés à coups de lance-pierre.

Il n'avait cependant rien fait pour étouffer le désir qu'il éprouvait pour Olive. Il ne se battait pas avec elle pour se donner en spectacle. Il se battait avec elle parce qu'il adorait ça. Il se battait avec elle parce que c'était plus jouissif que le sexe avec n'importe quelle autre femme.

La repousser le soir de l'enterrement de James Monroe avait exigé de lui un effort surhumain, sans doute motivé par un profond sentiment de supériorité morale.

Deux mois plus tôt, il avait cependant fini par céder.

Depuis, il ne se passait pas une journée sans qu'il fût tenté de la contacter.

Jusqu'ici, il avait résisté, bien sûr.

Mais il y avait un problème… Il ne désirait aucune autre femme. C'était Olive Monroe ou rien.

Non, il ne souffrait pas d'hallucination. C'était bien son nom sur le mémo, et son assistant avait l'air affreusement mal à l'aise.

— Tout est expliqué dans cette note, précisa ce dernier. Mais j'ai pensé qu'il serait préférable que je vous en parle moi-même.

— Je vous écoute, Jason.

— Savez-vous comment mademoiselle Monroe a réussi à remporter le contrat pour les véhicules électriques ?

Aux yeux de Gunnar, c'était évident. Elle avait démoli son exposé. Le sien était nettement meilleur, et son logiciel aussi. Il avait été admiratif. Et fier d'elle aussi.

— Dites-le-moi.

— Elle connaissait tout du système que vous alliez proposer. Bien avant votre présentation.

Gunnar sentit quelque chose se figer en lui.

— Impossible.

— Si, murmura Jason. En fait, elle… elle m'a payé pour que je lui donne des copies de notre logiciel.

Gunnar eut l'impression que la terre tremblait sous ses pieds. Comme le jour où il avait réalisé à quel point il s'était trompé sur l'homme qui avait détruit son monde et la vie des êtres qui l'avaient aimé. Il s'était alors promis de ne plus jamais commettre une telle erreur. Plus jamais.

Et voilà qu'il était confronté à la trahison d'un de ses assistants et à celle… d'Olive.

Olive qu'il avait toujours voulu protéger.

Olive qu'il…

Les images se mirent à défiler dans son esprit comme un film en accéléré. Toutes les fois où il lui avait apporté un cupcake. Toutes les fois où ils s'étaient chamaillés. La fois où il l'avait sortie du bac à plantes quand elle n'était encore qu'une gamine empruntée. La première fois où il avait pris conscience qu'elle l'attirait. Et cet étrange mélange de combativité, d'admiration et de fierté qu'il éprouvait pour elle quand il voyait son travail.

À ses yeux, c'était une véritable battante, plus intelligente que son père. Et il l'avait crue honnête.

Mais elle était semblable à tous ces gens qui ne pensaient qu'à se remplir les poches. Qui ne pensaient qu'à piétiner les autres pour s'installer au sommet de la pyramide.

Sa petite Olive n'était rien de plus qu'une vulgaire tricheuse.

Il leva sur son assistant un regard glacial.

— Si je comprends bien, vous avez espionné pour elle.

Jason acquiesça d'un hochement de tête, penaud.

— Et je suppose que ce n'est pas le remords qui vous amène à venir ici soulager votre conscience.

De toute évidence, cet homme-là, comme Olive, n'avait pas de morale.

— Non, répondit Jason avec un brin d'hésitation.

— Alors, pourquoi ? Je m'étonne que vous ne soyez pas déjà passé à la concurrence.

— Hum ! Il s'avère qu'Ambient Technologies a de gros problèmes en ce moment.

— C'est-à-dire ?

— Olive Monroe n'est plus la même. Tout le monde dans son équipe l'a remarqué. Elle n'est plus aussi performante, elle semble avoir du mal à se concentrer et elle arrive très souvent en retard. Ils se demandent si elle n'est pas tombée dans l'un de ces pièges qui guettent pas mal de personnes dans sa situation.

— Que voulez-vous dire ?

— Elle a peut-être un problème d'alcoolisme ou de drogue. Une chose est sûre, mademoiselle Monroe n'est pas l'avenir de l'entreprise comme je le pensais au départ.

Gunnar pinça les lèvres.

En dépit des faits, il ne pouvait s'empêcher de vouloir défendre Olive. À tout juste vingt-quatre ans, elle subissait une pression énorme pour faire tourner une entreprise en pleine révolution technologique.

Elle n'est pas celle que tu croyais, se moqua une petite voix dans sa tête.

Il se remémora le soir de l'enterrement de son père. Ses larmes. Sa vulnérabilité…

Ce n'était qu'une comédie comme tout le reste. La femme dont il venait d'apprendre la trahison ne pouvait pas être cette fragile créature qui avait levé le visage vers lui en quête d'un baiser.

— Qu'attendez-vous de moi, Jason ?

— Si j'ai l'assurance de garder mon poste chez Magnum Enterprises, je peux témoigner que mademoiselle Monroe a décroché le contrat de façon malhonnête. Vous pourrez ainsi vous débarrasser d'elle et récupérer le marché avec Yamamoto.

Gunnar lâcha un rire méprisant.

— Je ne négocie pas avec des traîtres. Des traîtres qui n'ont aucun sens de l'honneur par-dessus le marché. Vous êtes viré.

Olive se sentait vraiment mal. Voilà des semaines qu'elle était nauséeuse et dans le déni total quant à la raison potentielle de son état. Elle était tout simplement incapable d'envisager une telle possibilité. Aussi avait-elle évité d'y penser. Et de penser tout court. Son cerveau d'ordinaire si actif était comme hors service.

Mais en son for intérieur, elle savait pourquoi elle n'avait plus ses règles depuis deux mois et se sentait épuisée et nauséeuse dès qu'elle mettait le pied par terre. Elle savait aussi que ce n'était pas étonnant si on considérait qu'elle avait couché avec un homme pour la première fois de sa vie sans *aucune* protection.

Deux des plus brillants esprits des nouvelles technologies

étaient deux imbéciles qui avaient eu un rapport sexuel sans préservatif.

La faute à Gunnar, bien sûr.

Franchement ! Elle était vierge. C'était à lui de prendre ses précautions.

Toi aussi, tu aurais dû.

De toute façon, ils avaient commis une terrible erreur dont les conséquences étaient tout simplement désastreuses.

Elle avait une entreprise à diriger, mais était à peine capable de tenir debout et encore moins de se concentrer sur un quelconque projet. Dans sa tête, c'était le chaos le plus total.

Elle était enceinte de son adversaire.

Son père aurait été atrocement déçu…

Seule dans son bureau new-yorkais – elle avait posé l'écriteau Ne pas déranger sur la porte –, affalée par terre derrière sa table de travail, elle tendit le bras pour prendre un sachet de crackers dans le tiroir au-dessus de sa tête et le serra contre sa poitrine.

C'était horrible. Les nausées la tenaillaient. Et elle était terrifiée. Elle avait décroché le contrat avec Yamamoto, mais pour le reste…

Si ce qu'elle refusait d'admettre se confirmait, elle n'était pas débarrassée de Gunnar. Bien au contraire.

Cette idée même lui soulevait l'estomac.

Elle perçut soudain de l'agitation à l'extérieur et, brusquement, la porte s'ouvrit.

Tel un suricate émergeant de son terrier, elle pointa prudemment la tête par-dessus son bureau, et c'est là qu'elle le vit.

Aussi sec, elle se recroquevilla de sorte que seuls ses yeux étaient visibles.

— Olive !

Son prénom sur ses lèvres avait sonné comme un avertissement.

— Salut ! Qu'est-ce qui t'amène ? demanda-t-elle en faisant de son mieux pour afficher un sourire éclatant et convaincant.

Gunnar contourna le bureau, et elle reprit sa position fœtale, les genoux repliés contre la poitrine, les doigts crispés sur le sachet de crackers.

— Tu pensais pouvoir t'en tirer comme ça ?

La panique lui serra la gorge. Comment pouvait-il savoir ? Elle-même n'était sûre de rien.

— Je ne vois pas de quoi tu parles, marmonna-t-elle.

— De ta petite incursion dans le monde de l'espionnage industriel.

Olive faillit pousser un soupir de soulagement.

— Oh ! Ça ? C'est de bonne guerre, dit-elle en faisant mine d'épousseter quelques miettes sur son genou. En affaires, tous les coups sont permis.

Son regard bleu posé sur elle s'aiguisa.

— Qu'est-ce que tu fabriques, Olive ?

— Rien. J'ai pris un jour de congé.

— Mais tu es au bureau.

Elle haussa les épaules et grignota un cracker tout en s'efforçant d'avoir l'air détendue, en dépit de sa position peu glorieuse et de son estomac qui jouait les acrobates.

— Je suis venue parce que j'ai du boulot.

— Tu bosses par terre, maintenant ?

— Oui. D'après une étude réalisée en Suède, il semblerait que notre capacité de travail s'améliore quand on s'installe de façon moins conventionnelle. Quelque chose à voir avec la liberté de mouvement du corps.

— Olive !

Son ton s'était durci. Et tout à coup, l'absurdité de la situation la submergea.

Gunnar était son pire ennemi. D'un autre côté, maintenant que son père était mort, il était la seule personne qu'elle connaissait vraiment. La seule à qui elle aurait pu confier ses malheurs. Mais il en était la cause et ne le saurait jamais.

Il lui reprochait de l'avoir doublé sur ce fameux contrat en pratiquant l'espionnage industriel. C'était ridicule. Magnus Ragnarson lui avait certainement enseigné les mêmes ficelles.

— Puisque tu considères que tous les coups sont permis, reprit Gunnar avec une douceur dangereuse, tu ne m'en voudras pas pour ce qui va suivre.

Olive se contenta d'un haussement d'épaules faussement désinvolte. Mais comme elle s'apprêtait à reprendre un cracker, Gunnar s'accroupit devant elle et lui arracha le paquet des mains.

— J'ai besoin de toute ton attention, Olive. Arrête de grignoter.

— Je ne vois pas en quoi ça te dérange, marmonna-t-elle en avalant nerveusement sa salive, la gorge serrée par la panique sous la brûlure du regard bleu glacier rivé sur elle.

— Je vais te ruiner, Olive.

Son ton était calme. Tout comme il l'était depuis qu'il était entré.

— *Quoi ?*

— Ce que tu as fait est illégal.

— Pas dans toutes les juridictions. Cela dépend du pays, objecta Olive. Or, nous avons tous deux des bureaux aux quatre coins de la planète. Et tout le monde sait que la recherche des secrets des concurrents n'est pas une faute.

En dépit de son calme apparent, elle était terrifiée, et son cœur battait si fort qu'elle avait le tournis.

Gunnar était furieux – elle s'y était attendue. Mais le pire, c'était de s'apercevoir qu'elle l'avait… déçu.

Malheureusement, ce qui était fait était fait. Et le plus important à présent, c'était de se défendre.

— Il y a un point sur lequel n'importe quelle juridiction pourra t'attaquer, riposta Gunnar. Le type que tu as recruté pour m'espionner est l'un de mes assistants. Le débauchage d'employés constitue un moyen illicite, assimilable au vol et puni par la loi.

— Jason… C'est lui qui m'a balancée ? Quel rat !

— Ne devrait-on pas plutôt parler d'une fouine ?

— Je ne sais pas et je m'en contrefiche, marmonna Olive.

Sur ce, elle se pencha pour lui reprendre le paquet de crackers et se leva. Mais soudain, le sang rugit à ses oreilles, et la pièce vacilla autour d'elle.

— Gunnar…

Son visage fut la dernière chose qu'elle vit avant de s'évanouir.

4.

Gunnar avait toujours pris Olive pour une fille solide et courageuse, capable de distribuer les coups et d'en encaisser.

Mais voilà qu'elle était maintenant effondrée contre lui, inconsciente. Et à en juger par sa pâleur et ses lèvres qui prenaient une inquiétante teinte bleue, cette fois, ce n'était pas de la comédie.

Il devait agir.

La prenant dans ses bras, il sortit du bureau.

À l'extérieur, tout le monde le regarda comme s'il venait de commettre un meurtre.

— Elle s'est évanouie, crut-il bon d'expliquer. Quelqu'un pourrait-il apporter un verre d'eau ?

L'employée derrière la réception baissa les yeux, l'air gênée. Gunnar jeta un coup d'œil circulaire dans l'open space. Personne ne semblait vouloir bouger pour venir en aide à sa patronne visiblement souffrante.

Son équipe pensait à un problème d'alcoolisme ou de toxicomanie, avait dit Jason. Mais cela n'avait rien à voir ni avec l'alcool ni avec une quelconque drogue. Olive était tout simplement malade.

— Ridicule, maugréa-t-il entre ses dents.

Sur ce, il traversa le hall, en portant Olive toujours sans connaissance dans ses bras.

Il était furieux contre elle. Furieux de la découvrir dans un tel état de faiblesse. Furieux de se retrouver dans cette situation absurde.

Il était venu ici pour l'étrangler et il l'avait trouvée affalée par terre derrière son bureau, en train de grignoter des crackers, le teint blême, le regard trouble.

Ce n'était pas normal.

Cela dit, il n'y avait jamais rien eu de normal avec Olive. Ne serait-ce que la façon dont elle avait endormi sa méfiance. La façon dont elle l'avait amené à voir en elle une fille formidable, une battante derrière la fragilité apparente de sa silhouette. Une battante qui attisait sa combativité et lui donnait envie de l'affronter autant que de la protéger.

Cette histoire de cupcakes entre eux avait débuté comme une blague. Puis c'était devenu un rituel qui l'avait amusé. Quelque part, il avait autorisé Olive à percer le mur de froideur et d'autodiscipline qu'il avait si laborieusement édifié autour de lui. Il avait commencé à éprouver des sentiments pour elle.

Et aujourd'hui…

Aujourd'hui, elle l'avait trahi. Et ça faisait un mal de chien.

Il s'était bâti une vie en solo. Une vie dans laquelle il n'avait besoin de personne. Parce qu'il savait qu'il ne pouvait faire confiance à personne. Mais avec Olive, il avait fini par être complaisant, sans doute trop confiant dans sa capacité à juger les gens, à discerner qui était bon et honnête.

Il l'avait laissée se glisser derrière ses défenses, et elle en avait profité pour le tromper.

Plus jamais.

Les portes du bâtiment s'ouvrirent devant lui. Sa limousine était là. Son chauffeur s'empressa d'ouvrir la portière arrière.

— Conduisez-nous au cabinet médical le plus proche.

— Vous l'avez empoisonnée ?

Sa rivalité avec Olive était légendaire. Tout le monde la connaissait. La presse en parlait. Leurs duels pour remporter des contrats étaient devenus des spectacles très prisés. Il avait parfois l'impression que les clients les mettaient en concurrence pour le seul plaisir de les voir s'affronter.

Il avait songé – plus d'une fois – à déléguer la partie commerciale des projets de Magnum Enterprises, mais…

Mais tu adores te bagarrer avec elle. Tu aimes te retrouver face à elle.

Étouffant les murmures de sa conscience, il fit glisser le corps inerte d'Olive sur la banquette arrière et s'installa à côté d'elle.

Comme la limousine s'engageait dans la circulation new-yorkaise, Olive s'agita. Son visage avait maintenant pris une teinte verdâtre.

— Oh là là ! marmonna-t-elle. Je ne me sens vraiment pas bien.

— Évite de vomir dans ma voiture, sinon tu payeras le nettoyage.

Olive porta une main tremblante à son front.

— Je crois que je vais mourir.

Gunnar eut un pincement au cœur. Il avait beau être furieux contre elle, la voir ainsi, aussi fragile, réveillait en lui le Viking soucieux de la protéger contre tous les dangers.

Y compris contre lui-même.

— C'est à ce point ?

— Comment ça ?

— Tu vas vraiment mourir ?

— Oui, si tu comptes me tuer.

— J'ai dit que j'allais te *ruiner*. Pas te tuer.

Elle ne releva pas et resta affalée sur la banquette, les yeux fermés, la main sur le front. Soudain, elle battit des paupières.

— Où allons-nous ?

— Devine. Tu es malade, je t'emmène chez un médecin.

— Non ! s'écria-t-elle en se redressant en position assise

comme mue par un ressort. Je n'ai pas besoin de médecin. Si tu veux te venger, tu n'as qu'à me larguer ici, dans le caniveau avec le reste des rats coupables de trahison.

Gunnar la dévisagea.

— Écoute, fit-il avec la voix patiente d'un sage contraint de raisonner une folle. Je t'ai trouvée par terre dans ton bureau en train de grignoter des crackers, et quand tu as voulu te lever, tu t'es évanouie. À voir ton teint verdâtre, tu souffres peut-être de déshydratation.

— Je me suis évanouie à cause du choc que j'ai eu en te voyant. Tu as fait irruption sur mon lieu de travail en me menaçant. Si tu m'emmènes chez un médecin, je porte plainte contre toi pour agression.

Gunnar haussa un sourcil, dubitatif.

— Ah bon ?

— Oui. N'importe quel médecin dira que j'étais sous pression à cause de ce que tu m'as dit.

— Ça m'étonnerait qu'il diagnostique que je suis à l'origine de ton coup de stress.

Olive ne put réprimer un fou rire nerveux. Bon sang, il n'avait vraiment aucune idée de la raison de son malaise !

— C'est juste… c'est juste une blague, hoqueta-t-elle en voyant son air interloqué.

— Excuse-moi, mais je ne saisis pas la plaisanterie.

— Tant mieux.

Elle s'affaissa de nouveau sur la banquette.

Le regard de Gunnar s'assombrit.

— Olive, explique-moi ce qui se passe.

Son ton était redevenu tranchant.

— Tu n'as qu'à me le dire, toi qui sais tout, marmonna-t-elle. Tiens, explique-moi comment tu comptes me ruiner.

— C'est très simple. Ambient va devenir une filiale de Magnum Enterprises.

— Tu veux me racheter ?

— Oui.

— Impossible. Ce serait une violation des lois antitrust.

— Détrompe-toi. Il existe de nombreux précédents, et mes juristes sauront régler le problème.

— Pourquoi devrais-je accepter ?

— Parce que l'autre option, c'est la prison. À toi de choisir.

— Sans blague. Tu me ferais arrêter ?

— Imagine ton père dans ma situation. Penses-tu qu'il aurait porté plainte contre le mien ?

Olive haussa les épaules.

— Inutile de poser la question. Tu sais bien qu'il l'aurait fait.

— Et tu t'imagines que je vais t'épargner parce que tu es une femme ?

— Ben oui. Tu ne peux tout de même pas m'envoyer en prison.

— Il existe des prisons pour femmes.

Olive souffla de façon fort peu élégante.

— Ce n'est vraiment pas sympa.

— Ce qui n'est pas sympa, c'est d'être venu fouiner dans mes affaires pour remporter le marché de façon malhonnête, riposta Gunnar. Et ensuite d'avoir joué les séductrices.

— N'exagère pas ! Aux dernières nouvelles, ce ne sont pas de mes prouesses sexuelles dont on parle sur les réseaux sociaux, mais des tiennes. Je dirais donc que si quelqu'un a joué au petit jeu de la séduction…

— C'est moi qui ai commencé à me déshabiller ?

— Non. Mais ton insistance à m'offrir des petits gâteaux pourrait être assimilée à des préliminaires.

— Si tu le dis.

— Bon, écoute, soupira Olive en se rencognant sur son siège. Tout ce que je voulais, c'était en finir avec ce… ce *truc* entre nous. Il a toujours été là. Tu le sais aussi bien que moi. Mais nous faisions mine de l'ignorer. Nous nous croisions dans des salles de réunion, nous nous affrontions, et quand c'était terminé, j'avais l'impression d'être en manque. C'est la chose la plus… la plus excitante et la plus exaspérante aussi. Parce que si me battre avec un homme qui m'horripile m'excite plus que la perspective de coucher avec un autre gars, il y a forcément quelque chose qui ne tourne pas rond.

Touché malgré lui par cet aveu, Gunnar était tenté de revoir *son* Olive, celle qu'il connaissait depuis longtemps et à laquelle il s'était attaché. Celle qu'il n'avait pas cherché à séduire pendant toutes ces années, parce qu'il savait qu'il ne pourrait pas lui donner ce qu'elle attendait et qu'il lui ferait du mal.

Finalement, c'était elle qui l'avait blessé.

Non, se morigéna-t-il, elle n'avait pas le pouvoir de le blesser. Il était simplement furieux contre elle.

— Joli discours, commenta-t-il. Tu as terminé ?

— J'ai terminé.

— Nous reprendrons cette discussion plus tard.

La limousine s'était arrêtée. Olive jeta un coup d'œil par la vitre.

— Où sommes-nous ?

— Chez le médecin.

Elle fit volte-face, et quand leurs regards se croisèrent, il se félicita qu'elle ne soit pas armée, car elle lui aurait certainement tiré dessus.

C'était une clinique privée. Olive fut aussitôt prise en charge, enveloppée dans une couverture et installée dans un fauteuil. Une infirmière vint vérifier sa température, sa tension artérielle et poser les questions habituelles sur son état de santé.

— Je vais bien. Il est inutile que je voie un médecin.

— Nausées, vertiges, baisse de tension. Vous présentez

tous les symptômes d'un début de déshydratation, observa l'infirmière.

— Qu'est-ce que je disais ! renchérit Gunnar avec un petit air suffisant.

— Et après ? Tu tiens à ce que je sois réhydratée pour m'envoyer derrière les barreaux ?

— Je tiens surtout à me battre à armes égales. Pas contre un adversaire affaibli, Olive. C'est la raison pour laquelle, je ne pratique pas l'espionnage industriel. Si je gagne, c'est parce que je suis le meilleur. Et de ce point de vue, tu as lamentablement échoué.

— Il y a des toilettes derrière cette porte, intervint l'infirmière. Il me faut un échantillon d'urine.

— Quoi ? Il n'est pas question que je donne un échantillon d'urine, décréta Olive.

Gunnar haussa un sourcil, perplexe.

— Nous sommes extrêmement discrets, fit l'infirmière. S'il y a des traces de drogue…

— Mais… mais… je ne me drogue pas ! Ce n'est pas ça. C'est une atteinte à ma vie privée. En plus, j'ai la phobie des gobelets de laboratoire.

— Pourquoi donc refuses-tu ? demanda Gunnar en rembobinant mentalement le fil des événements.

Depuis son arrivée dans le bureau d'Olive pour la trouver affalée sur le sol en train de grignoter des crackers. Il y avait ensuite eu son malaise, son refus d'aller chez un médecin. Et maintenant son refus de donner un échantillon d'urine.

Si ce n'était pas un problème avec la drogue comme elle l'affirmait – bien qu'elle fût une créature complexe, il ne l'imaginait pas prendre le moindre risque pour son cerveau –, il ne voyait qu'une seule autre raison.

— Olive, dit-il doucement. Serais-tu enceinte ?

5.

Olive eut l'impression que les murs se refermaient sur elle. Elle écarquilla les yeux.

— Pas que je sache.

— Tu as des doutes ? insista Gunnar.

Son ton était calme, mais sa voix tout en tension.

— Non… Je ne…

— Fais le test.

Olive s'enfonça davantage dans le fauteuil.

— Tu ne peux pas m'y forcer.

— Olive !

— Je…

Elle blêmit.

— Ne me refais pas le coup du malaise, gronda Gunnar.

— C'est le genre d'ordre complètement idiot. On ne choisit pas de s'évanouir. Mais si tu continues à me regarder comme si tu étais prêt à mordre, je vais finir par retomber dans les pommes. Alors, arrête de te comporter comme un ogre.

La main de nouveau pressée sur le front, elle respirait difficilement. Elle leva les yeux sur l'infirmière.

— Franchement, je… Il pourrait s'agir d'une simple gastro… Il existe un tas de raisons qui peuvent expliquer que je n'ai pas… que je n'ai pas mes règles.

— Mais la principale serait que vous êtes enceinte.

Olive ne savait plus où elle en était. Elle avait passé

sa vie à ne penser qu'au travail pour prendre un jour la direction de l'entreprise paternelle. C'était tout ce qu'elle savait faire.

Elle ne savait pas comment s'occuper d'un enfant. Elle ne savait pas comment être mère. Elle n'avait même jamais envisagé cette possibilité.

Affronter la perspective d'un tel bouleversement… C'était tout simplement impossible.

— Je n'ai que deux mois de retard.

— Raison de plus pour faire le test, ajouta l'infirmière. Vous êtes très probablement enceinte.

— Je ne vous ai rien demandé ! s'emporta soudain Olive, retournant sa colère contre la pauvre femme qui ne savait plus quoi faire et dont le visage virait au blanc.

Olive songea qu'elle devait être de la même couleur. Se retrouver confrontée à la possibilité d'une grossesse – un mot totalement étranger à son vocabulaire – avec Gunnar dans la même pièce… Alors là, c'était vraiment *trop* à encaisser.

— Si je suis enceinte, je parie que tu ne m'enverras pas en prison, dit-elle avec un petit rire étranglé en tournant la tête vers lui.

C'était une mauvaise blague. Mais toute cette histoire était une mauvaise blague.

— Commence par faire le test. On verra après.

Cette fois, Olive obéit.

Jusqu'au bout, elle avait cru qu'elle trouverait un moyen d'y échapper. Mais il n'y avait pas d'issue.

Les toilettes n'avaient rien de celles d'une clinique. Les murs étaient peints en rose, il y avait même une chaise longue dans un coin de la pièce.

Après avoir uriné dans un gobelet, elle posa celui-ci dans un placard à double face, encastré dans le mur, et s'assit sur la chaise longue, puis s'y étendit, le cœur battant.

Qu'allait-elle faire ?

Qu'allaient-*ils* faire ?

Gunnar était fou de rage contre elle. À juste titre. Elle s'était cherché tout un tas d'excuses pour tenter de justifier ses actes et les rendre acceptables. Or, ils n'avaient rien d'acceptable. Elle en était consciente.

Mais elle voulait tellement s'affranchir de Gunnar. Le sortir de sa vie. Calmer ce désir fou qu'il déchaînait dans son corps. Être à la hauteur des attentes de son père…

L'infirmière finit par ouvrir la porte.

Olive ferma les yeux et inspira profondément.

— Quel est le résultat ? demanda-t-elle d'une voix à peine audible.

L'infirmière la dévisagea avec gravité.

— Je crois que vous le connaissez déjà.

Olive déglutit, et les larmes se mirent à ruisseler sur ses joues sans qu'elle puisse les arrêter. Heureusement, Gunnar n'était pas là pour les voir. Elle n'aurait pas supporté de pleurer devant lui.

Mais devant qui d'autre aurait-elle pu pleurer ?

Elle était seule. Elle n'avait plus de famille. Pas d'amis.

Si son père avait encore été de ce monde, il aurait été affreusement déçu. Il aurait été furieux. Il lui aurait demandé comment elle avait pu être aussi faible, aussi stupide pour tomber enceinte de son rival. Il se serait demandé comment il avait pu se tromper à ce point sur sa propre fille.

— L'homme qui m'accompagne… Vous lui avez donné le résultat ? finit-elle par murmurer.

— Non, répondit l'infirmière. Le résultat ne regarde que vous. Vous pouvez lui raconter ce que vous voulez.

Il n'était pas question de mentir à Gunnar. Son regard perçant voyait tout. Olive le savait.

Elle devait d'abord se ressaisir et sécher ses larmes. Pas question de lui montrer son désarroi. Elle avait fait de son mieux jusqu'à présent pour faire bonne figure et elle allait continuer.

— Très bien. Donnez-moi une minute.

Elle prit une profonde inspiration et expira lentement pour se calmer.

Elle n'était pas une froussarde. Elle s'appelait Olive Monroe, était à la tête d'Ambient Technologies et était formée pour gérer n'importe quelle crise. Qui plus est, son bébé était aussi l'enfant de Gunnar… S'il héritait de ses gènes, il promettait d'être un génie.

Son bébé… Comme si c'était couru d'avance qu'elle allait le garder.

Tu sais bien que oui, murmura une petite voix dans sa tête.

Évidemment. Il lui fallait un enfant qui travaillerait avec elle, le moment venu.

D'une façon ou d'une autre, tout finissait par prendre du sens, se rassura-t-elle.

Après une dernière inspiration, elle sortit des toilettes pour rejoindre la salle où l'attendait Gunnar, mais un médecin l'intercepta.

— Nous allons vous mettre sous perfusion.

Sans lui laisser le temps de réagir, un bataillon de blouses blanches la poussa dans une chambre et l'immobilisa sur un lit, tandis qu'une solution de réhydratation était directement administrée dans ses veines.

Quelle humiliation !

Et pour couronner le tout, Gunnar était là, les bras croisés, aussi froid qu'un paquet de petits pois sortis du congélateur.

— Bon, fit-elle en tâchant d'adopter une attitude empreinte de dignité, bien qu'elle fût emmaillotée dans des couvertures, le visage en émergeant à peine, comme si elle avait du mal à garder la tête hors de l'eau. Je suis enceinte. Intéressant, n'est-ce pas ?

— « Intéressant » n'est pas le terme que j'emploierais, répondit sèchement Gunnar.

— Oh ! ne t'inquiète pas. Ce n'est peut-être pas toi le père.

Son regard bleu étincela soudain d'une lueur féroce qui transporta Olive à son époque préférée. Il avait l'air d'un barbare scandinave. Prêt à commettre un acte… radical.

— Est-il de moi ? demanda-t-il d'une voix d'un calme menaçant.

— Voyons… Ça fait deux mois, n'est-ce pas ? On ne peut jamais savoir. Tant de choses peuvent arriver…

— Dois-je supposer que tu as eu une floppée d'amants ?

— À t'entendre, on croirait que tu ne fais pas partie de la floppée. Ceux qui sont venus avant, ceux qui sont venus après. Tu te comportes comme si tu étais une exception.

— Et toi, tu joues un petit jeu dangereux, Olive. L'enfant que tu portes est-il de moi ?

— Je n'ai pas la réponse à cette question, répliqua-t-elle avec le goût acide de la culpabilité dans la gorge.

Évidemment qu'il était de lui. Elle n'avait jamais vu aucun autre homme en tenue d'Adam, et encore moins couché avec. Elle n'avait jamais désiré que lui.

Mais elle devait se ressaisir. Reprendre un minimum de contrôle sur cette situation absurde. Son père lui avait appris à ne jamais se lancer dans une négociation sans disposer d'un moyen de pression sur l'adversaire. Elle avait simplement besoin d'un peu de temps pour y réfléchir.

Pour l'instant, elle était sous le choc. Même s'il n'était pas totalement illogique de se retrouver enceinte après un rapport sexuel non protégé.

Tout de même, dès la première fois ?

Ce n'était vraiment pas de chance.

Dire qu'il y avait des femmes qui avaient du mal à

tomber enceinte. Elle, elle avait juste cédé à la tentation de découvrir ce que le regard, les mains et le corps de Gunnar lui promettaient depuis des années.

Et voilà le résultat !

6.

Gunnar aurait été tenté de trouver amusant le cri de rage d'Olive s'il n'avait pas été lui-même dans une colère noire.

Cette femme exaspérante qui avait joué avec ses nerfs et ses émotions pendant des années – alors qu'il faisait tout pour que rien ne le touche, rien ne l'atteigne – portait à présent son enfant.

Ou pas, prétendait-elle.

Comme s'il y avait le moindre doute !

Elle savait que c'était le sien. Il en aurait mis sa tête à couper. D'un autre côté, s'agissant d'Olive, il n'osait plus faire confiance à son jugement.

— Ton héritier ! dit-elle d'une voix tremblante de fureur, de ressentiment et de peur aussi. Je suis propriétaire d'une des plus grosses entreprises de technologie…

— *Ex*-propriétaire, sous peu, rectifia Gunnar. Naturellement, tu conserveras ton titre de P-DG. Tu es l'image de marque d'Ambient, je ne voudrais pas la gâcher, conclut-il, sarcastique.

Sans se soucier d'être sous perfusion, Olive s'extirpa de son cocon de couvertures comme une furie.

— Tu ne m'enlèveras pas mon entreprise !

— On dirait que tu commences enfin à me prendre au sérieux.

Il le voyait dans ses yeux. Jusqu'à présent, elle n'avait pas cru un seul mot de ce qu'il disait.

— Quand on joue avec le feu, il faut s'attendre au retour de flammes, Olive. Tes protestations n'y changeront rien. Tu aurais dû réfléchir avant d'essayer de me doubler de façon malhonnête. Cette compétition entre nous, ce n'est pas un jeu. Elle ne l'a jamais été, malgré les cupcakes et le fait que les gens adorent nous regarder croiser le fer. Mais comme une gamine qui a besoin d'être recadrée, il est évident que tu n'as pas pris la mesure des conséquences de tes actes. On ne plaisante pas avec moi.

— Avec moi non plus, rétorqua Olive, le regard assassin.

Gunnar la fixa intensément. Même maintenant, en dépit de sa mine épuisée, malgré son éternel col roulé noir – la seule tenue qu'il lui connaissait –, avec sa queue-de-cheval et son visage blême, dépourvu de maquillage, elle était désirable.

Il se souvenait très bien du goût de sa bouche, du parfum de sa peau, de la sensation quand il s'était glissé entre ses cuisses, dans sa douceur. Elle était si étroite. Si parfaite…

Le fait de savoir qu'elle avait eu d'autres amants depuis aurait dû lui donner envie de l'étrangler – *lui* n'avait pas pu regarder une autre femme depuis deux mois –, mais au lieu de ça il la désirait plus que jamais. C'était insensé.

Avant, il aurait toujours pu se persuader que l'admiration et la fierté qu'il éprouvait pour la jeune femme qu'il avait vue grandir expliquaient le désir qu'il avait d'elle.

À présent, force était de constater qu'il n'était qu'un homme ordinaire, aveuglé par les exigences de sa libido.

Olive n'avait rien d'exceptionnel. Elle était simplement douée pour la triche.

Il ne risquait pas de l'oublier.

Ravalant un soupir, il se laissa tomber sur une chaise à proximité de son lit et resta là à regarder la poche de perfusion se vider. À regarder le visage d'Olive reprendre un peu de couleurs. Dans un silence de plomb.

Quand la perfusion fut terminée, l'infirmière revint, retira l'aiguille du bras d'Olive et se tourna vers Gunnar.

— Avez-vous besoin d'aide pour la ramener à votre voiture ?

— Non, merci, ce ne sera pas nécessaire.

Il souleva Olive hors du lit, emportant les couvertures avec elle.

Il s'était attendu qu'elle se rebiffe, mais elle se laissa faire, visiblement à bout de forces et trop fatiguée pour protester. Il détestait la voir ainsi. Il préférait quand elle râlait. Quand elle se battait.

Il l'installa dans la limousine.

— À l'aéroport, lança-t-il au chauffeur.

— Où m'emmènes-tu ?

— Chez moi, en Islande.

— Pourquoi ?

— Pour te surveiller de près en attendant de décider de la suite des événements.

— Mais je n'ai rien, pas même une brosse à dents, objecta Olive, reprenant vie tout à coup. Et quelqu'un doit nourrir mon poisson rouge.

— Tu as un poisson rouge ?

— Non, dit-elle. Mais je pourrais, ajouta-t-elle avec une mauvaise foi évidente.

— Non, tu ne pourrais pas. Et si c'était le cas, il existe certainement des systèmes téléphoniques permettant de gérer l'alimentation de cet hypothétique poisson à distance.

— Un système téléphonique ! Pfft ! Pour un expert en technologie, tu parles comme un papy centenaire.

— Ma maîtrise de l'anglais n'est pas parfaite.

— À d'autres, répliqua Olive.

Comme elle, Gunnar parlait couramment cinq langues. Mais il gardait son accent islandais, car c'était parfois un atout.

Olive se redressa sur son siège.

— De toute façon, poisson rouge ou pas, je n'ai pas le temps d'aller où que ce soit avec toi. J'ai trop de travail.

— Tu as bien trouvé le temps de faire de l'espionnage.

— N'exagère pas. Nous sommes à la tête de deux entreprises concurrentes dans le même secteur. Si tu avais pu, je suis certaine que tu en aurais fait autant pour décrocher ce contrat.

— Non, Olive. Je fais tout pour gagner, c'est vrai. Et s'il m'arrive de frôler les limites, jamais je ne les franchis. Je me bats à la loyale, *moi* !

Olive se renfrogna, mais ne pipa mot.

Le reste du trajet se déroula dans un silence pesant jusqu'à l'aéroport où les attendait un jet prêt à décoller.

Gunnar avait beau sillonner la planète pour ses affaires, l'Islande restait son port d'attache. Même s'il avait parfois l'impression d'avoir un morceau de roche volcanique acéré logé dans sa poitrine. Même s'il n'avait jamais remis les pieds dans la petite maison où il avait grandi.

La demeure qu'il possédait à présent était nichée au sommet d'une montagne escarpée dominant les hauts plateaux islandais. Il n'y amenait jamais personne. C'était un endroit isolé, difficile d'accès. L'endroit idéal pour faire disparaître Olive de la circulation le temps nécessaire.

Quand la limousine s'arrêta au pied de la passerelle du jet, Olive s'enfonça dans son siège, l'air buté.

Gunnar posa sur elle un regard inflexible.

— Dois-je te traîner dehors de force ?

Elle lui décocha un regard venimeux, puis descendit de voiture sans un mot et, relevant le menton, monta la passerelle telle une reine outragée.

Gunnar devait lui reconnaître au moins cette qualité : elle avait du cran. Et un sacré culot.

Elle alla s'installer à l'autre bout de l'appareil, le plus loin possible de lui.

Le décollage fut immédiat. Quand l'avion eut atteint son

altitude de croisière, Gunnar se leva et ouvrit le placard à boissons.

— Tu veux boire quelque chose ?

— Non, merci. De toute évidence, l'alcool est hors de question.

— De toute évidence, en effet.

Olive pinça les lèvres.

— Franchement, je ne te comprends pas. Indépendamment de savoir qui est le père du bébé, ne me dis pas que tu veux un enfant !

Il la transperça de son regard bleu.

— Peu importe ce que je veux. Il faut bien que nous ayons des enfants, n'est-ce pas ?

Olive hésita.

— Je suppose que oui. Pour transmettre nos entreprises.

— Exactement. C'est dans ce but que nos pères nous ont modelés. En tout cas, c'est l'unique raison pour laquelle mon paternel a décidé de participer à mon éducation.

Olive parut choquée par ses paroles, mais ne releva pas. Gunnar inclina la tête sur le côté en la regardant fixement.

— Et toi ? Tu veux des enfants ?

Elle poussa un soupir.

— Je suis très prise par le travail et je voyage beaucoup. D'un autre côté, j'ai les moyens de payer des nounous. Et je suis bien placée pour savoir qu'il y a pas mal d'espace à l'extérieur des salles de réunion où les gamins peuvent rester sagement assis. Très souvent, il y a même de quoi grignoter.

Sa voix vacilla sur la fin, comme si elle réalisait qu'elle était en train de condamner un enfant à vivre la même jeunesse qu'eux…

Un long moment, ils restèrent silencieux, mais leurs regards demeurèrent accrochés, liés par ce passé partagé. Et c'était étrange, songea Gunnar. La plupart du temps, il ne se sentait lié à rien ni personne.

— Parfois même, il y a des cupcakes, marmonna Olive.

— Oui. Parfois.

Après quoi, ils se turent. Et c'était aussi bien, car Gunnar était toujours furieux contre Olive. Il avait décidé de la démolir, et maintenant la situation était plus compliquée que prévue.

Était-il cruel ? Sans doute. Mais c'était ce qu'on lui avait appris à être. Son père avait récupéré un joyeux garçon de dix ans, qu'il avait brisé pour le façonner comme il l'entendait et l'endurcir. Il l'avait forgé au feu de la colère dans un seul but. Gagner.

Gunnar s'était ensuite servi de cette colère pour tracer son propre chemin. Pour être différent de son père. Il avait des principes que ce dernier n'avait jamais eus. Pour autant, cela ne faisait pas de lui un homme capable de se laisser fléchir.

Il avait cependant toujours fait preuve d'indulgence à l'égard d'Olive et il en payait le prix aujourd'hui.

Il avait vu en elle une rivale, mais aussi une femme douce et fragile sous sa carapace. Une jeune femme courageuse qu'il avait envie d'aider et de protéger. Face à elle, il n'éprouvait pas la nécessité de remporter chaque marché, et il reconnaissait volontiers que les produits proposés par Ambient étaient plus adaptés que les siens dans certains domaines.

Gunnar avait la réputation d'être impitoyable en affaires, mais il était foncièrement honnête. Ce qui expliquait peut-être l'ampleur de sa déception à l'égard d'Olive. Il s'était imaginé qu'elle était aussi honnête que lui. Il l'avait respectée. Et pour autant que son cœur en soit capable, il s'était attaché à elle.

À présent, c'était fini. Une fois sa confiance détruite, c'était irréversible.

Mais Olive était potentiellement enceinte de son enfant. Un sale coup du destin.

Cela dit, l'idée qu'elle puisse être enceinte d'un autre homme le rendait fou de rage. Il ne savait pas quelle était la pire trahison. Qu'elle se soit révélée malhonnête en affaires, ou bien qu'elle dise avoir couché avec un autre homme après s'être donnée à lui.

Gunnar sentait le cœur de ses ancêtres vikings cogner dans sa poitrine à l'idée d'un autre homme que lui posant les mains sur son corps.

Et elle osait le regarder droit dans les yeux avec son petit air buté, plein de défi.

Oui, en affaires, Olive Monroe était une arnaqueuse de première ! Bien loin de la personne admirable qu'il s'était imaginée.

Tout comme sur le plan privé, avec ses faveurs sexuelles qui, à l'en croire, n'étaient pas si difficiles à gagner.

— J'espère que tu ne seras pas déçue, mais je ne vais pas pouvoir t'approvisionner en amants durant ton séjour chez moi, ne put-il s'empêcher de dire pour la provoquer.

Au fond de sa conscience, Olive entendit comme une petite sonnette d'alarme, mais ne put résister à la tentation de pousser le bouchon plus loin.

— Mince ! Comment vais-je faire pour survivre ? J'adore être entourée de mâles qui me nourrissent de raisin et agitent des feuilles de palmier au-dessus de ma tête, avant de m'offrir des plaisirs nocturnes.

— Je n'ai malheureusement ni raisin ni feuilles de palmier.

— Me proposerais-tu tes services nocturnes, Gunnar ?

Elle essayait de se moquer de lui, mais quand leurs regards se croisèrent, ses pupilles se dilatèrent et ses joues s'empourprèrent.

Elle n'était pas aussi maîtresse d'elle-même qu'elle voulait le lui faire croire. Et ses doigts crispés sur ses genoux trahissaient sa nervosité.

Quand il se repassait le fil des événements de la journée

et son comportement absurde depuis le début, il était clair qu'elle savait qu'elle était enceinte bien avant le test. Et qu'elle ne voulait pas qu'il l'apprenne.

Il aurait mis sa tête à couper qu'elle savait de qui était l'enfant qu'elle portait. Et ses efforts désespérés pour lui cacher sa grossesse ne laissaient guère de doute quant à l'identité du père.

— Alors ? insista-t-elle avec un petit sourire effronté. C'est une proposition de services ?

— Ça dépend. Plaisir et colère peuvent se mêler divinement.

Elle frissonna.

Mais ce n'était pas de peur, il le savait.

C'était le problème avec Olive. Depuis longtemps, il pressentait qu'elle était son alter ego à bien des égards. Au lit, c'était certain.

Après cet échange, elle fit mine de dormir.

Elle avait l'air d'une petite fille qui feint le sommeil en fermant les yeux très fort.

Il aurait pu trouver cela amusant, voire même charmant, s'il avait encore pu voir en elle la jeune femme d'autrefois.

Le jet atterrit sur une piste aménagée au pied de la montagne. La neige était en avance. Les flancs abrupts disparaissaient sous un épais manteau blanc.

La maison – faite de béton, de verre et d'acier – se dressait en haut de la montagne, tel un nid d'aigle, enchâssée dans la paroi rocheuse, véritable rempart contre les rigueurs du climat islandais. D'un côté, il y avait la mer. De l'autre, les hauts plateaux enneigés à perte de vue.

Un funiculaire constituait le seul moyen d'accès.

Quand ils descendirent du jet, Olive ouvrit de grands yeux.

— On va devoir grimper là-haut ?

— Oui. J'espère que tu as pris tes bâtons de marche.

— Tu sais très bien que je n'aime pas la montagne. Je n'ai même pas de parka, grommela-t-elle en s'enveloppant plus étroitement dans la couverture rouge du cabinet médical, qu'elle n'avait pas quittée.

Debout dans la vaste étendue de neige vierge, elle ressemblait à une petite goutte de sang.

— Je plaisante, Olive.

— Tu sais plaisanter ?

— Cela m'arrive. Nous allons prendre le funiculaire jusqu'au sommet.

— Quoi ?

Cette perspective n'avait pas l'air de l'emballer davantage que celle de gravir la pente à pied.

— Nous allons prendre le funiculaire jusqu'au sommet, répéta Gunnar plus fort, comme s'il avait à faire à une sourde. Tu verras, le site est splendide. Il y a même une source d'eau chaude à flanc de montagne.

Olive pinça les lèvres.

— Pas question de monter là-haut… Ce n'est pas…, commença-t-elle à protester.

Mais elle n'était pas prête à mourir de froid, et comme Gunnar saisissait le bord de la couverture et commençait à la tirer, elle le suivit à petits pas, indignée, tout en s'efforçant de rester emmitouflée.

Il l'entraîna ainsi vers la cabine suspendue à un câble.

— Il fait très froid là-dedans, la prévint-il sans avoir l'air de s'excuser le moins du monde.

— Oh ! Seigneur ! marmonna Olive en allant se retrancher dans un coin de l'habitacle exigu.

Elle leva un regard anxieux sur la paroi.

— Tu as peur ? demanda Gunnar avec un petit sourire narquois.

— Quelle question ! Bien sûr que non. J'adore ! C'est tellement naturel pour un être humain de se retrouver suspendu dans le vide. Il suffit de déployer nos ailes pour atterrir en bas sains et saufs si d'aventure nous dégringolons.

— Tu racontes n'importe quoi, répondit Gunnar, moqueur, en notant la peur bien réelle dans ses yeux.

Il aurait presque pu avoir pitié d'elle.

— Merci. J'essayais seulement de faire un peu d'humour, histoire d'alléger l'atmosphère.

— Ce n'est pas de l'humour.

— Ah bon ?

— Tu me vois rire ?

— Non. Mais de toute façon, je ne t'ai jamais vu rire. Ce doit être ton côté viking.

Il haussa les épaules.

— Possible.

La cabine s'ébranla dans une secousse et commença à glisser sur le câble tendu vers le sommet, survolant les cimes enneigées des arbres, des cascades de glace et des amas de roche volcanique noire.

Malgré son appréhension, Olive était fascinée.

— Dire que j'ai parcouru le monde entier et que je n'avais encore jamais vu un tel endroit. C'est tout simplement… incroyable.

— La vie ici est bien différente du monde dans lequel nous travaillons, précisa Gunnar. C'est l'une des raisons pour lesquelles j'en ai fait mon port d'attache.

Olive réprima un soupir.

— Je n'ai pas de port d'attache. Je navigue depuis toujours entre New York, Londres, Tokyo, Berlin ou Stockholm.

— Nous avons eu une enfance nomade.

— C'est une chance, non ? Très peu de gens peuvent se vanter d'avoir bénéficié d'une éducation comme la nôtre tout en voyageant aux quatre coins du monde. Il n'y a pas mieux. Enfin… c'est ce que je crois.

Gunnar détourna la tête vers l'immensité blanche en contrebas.

Les dix premières années de sa vie, il les avait passées dans une petite maison en pleine nature, non loin d'ici. Il se souvenait d'une femme qui s'occupait tendrement de lui. Il se souvenait d'un homme qui lui apprenait à découvrir la vie. Il se souvenait de vraies fêtes d'anniversaire et de soirées passées à écouter des histoires au coin du feu…

La voix d'Olive l'arracha à ses souvenirs.

— Tout compte fait, je suis contente de découvrir cet endroit. Même si je n'avais pas prévu de visiter l'Islande à l'occasion d'une escapade extra-professionnelle… non consentie.

— Autant dire un kidnapping.

— Tu ne m'as pas kidnappée.

— Je crois que si.

— Pas du tout. Ce n'est rien de plus qu'un détour obligé.

— Un kidnapping, Olive. N'ayons pas peur des mots.

Dix minutes plus tard, le funiculaire atteignait la cime. La porte s'ouvrit sur un long couloir aux parois de verre donnant sur le vide de chaque côté.

Olive risqua un coup d'œil au précipice.

L'éclat de la glace se voyait sur la roche sombre.

— Terrifiant, marmonna-t-elle.

— Magnifique, répliqua Gunnar.

— Quand on aime les sommets.

— C'est le cas.

— Tant mieux pour toi.

Olive jeta un regard circonspect autour d'elle.

— Bon, c'est quoi le programme ? Tu as un plan d'action ?

— Me connaissant, tu te doutes bien que oui. Pour commencer, je vais demander un test de paternité.

— Ah ?

— Et à la seconde où nous saurons si le bébé est bien de moi, je t'épouserai.

7.

La demeure de Gunnar était incroyable, parfaitement intégrée à son environnement. Il était cependant difficile pour Olive de se concentrer sur la beauté des lieux avec le spectre d'un mariage forcé planant au-dessus de sa tête.

— Tu n'es pas sérieux ?

— Je suis tout ce qu'il y a de plus sérieux. Et tu ferais mieux de croiser les doigts pour que cet enfant soit de moi. Tu échapperais ainsi à la prison, et je veillerais à la prospérité d'Ambient Technologies.

— Et s'il n'est pas de toi, je suis fichue ?

— Oui.

Son ton était catégorique.

— Comment peux-tu…

Elle le dévisagea.

Son regard bleu rivé sur elle était tranchant comme la glace qui les cernait.

À quoi s'était-elle attendue ? Elle s'était menti à elle-même sur le degré de convivialité de leur relation. Elle s'était autorisée à transformer Gunnar en un objet de fantasme, occultant l'homme qu'il était réellement. Il était de la race des Vikings, guerriers féroces et invincibles. Et elle l'avait trahi. En espionnant son entreprise. En prétendant ne pas savoir qui était le père de l'enfant qu'elle portait… Alors, bien sûr, il ne lui ferait pas de cadeau.

Elle aurait dû se souvenir de ce qu'il lui avait appris sur elle le soir où ils avaient fait l'amour.

Elle avait cru pouvoir garder le contrôle, mais Gunnar avait percé ses défenses, renversé ses barrières, repoussé ses limites, mis ses fantasmes à nu, dévoilé celle qui se cachait derrière le masque d'assurance qu'elle s'efforçait d'afficher.

Là encore, elle s'était menti à elle-même en se persuadant qu'au sortir de cette expérience elle reprendrait le contrôle, réintégrerait sa carapace et que tout redeviendrait comme avant.

Les cupcakes et les années avaient brouillé sa vision de la réalité. La réalité de l'erreur qu'elle commettait en trichant avec Gunnar. Et la réalité de ce qu'il lui ferait en retour.

Dans l'euphorie de la victoire, elle avait gravement sous-estimé la réaction du prédateur avec qui elle avait couché.

Elle n'était qu'une idiote. Une parfaite idiote. Plus précisément, elle n'était qu'une souris dans les griffes d'un tigre. Qu'elle rampe ou qu'elle coure, elle était prise au piège.

— Je suis fatiguée.

— Normal. Ta fausse sieste dans l'avion n'a pas dû te reposer.

— Difficile de se reposer quand tu rôdes dans le secteur.

— J'étais assis.

— Je parle au sens figuré.

Gunnar la considéra d'un air dubitatif.

— Tu ferais mieux d'aller dormir. Choisis la chambre que tu veux, fit-il en désignant l'étage.

Sur ce, il disparut, l'abandonnant à elle-même.

Passé un premier moment d'hésitation, Olive monta à l'étage et ouvrit quelques portes. Toutes les pièces étaient identiques. Minimalisme scandinave – un lit, une cheminée et des peaux de mouton au sol. Elle jeta son dévolu sur une chambre dont le lit était recouvert d'un édredon rouge.

Simplement parce c'était la même teinte que la couverture qui l'enveloppait.

À peine avait-elle refermé la porte derrière elle, que son armure tomba en pièces. Elle avait pleuré à la clinique, mais là-bas c'était différent. La situation était encore sous contrôle, et elle se sentait protégée.

À présent, elle avait l'impression d'avoir été vidée de toute volonté, de toute force. Il n'y avait rien d'autre en elle que cette souffrance qu'elle s'efforçait d'ignorer. Cette maudite souffrance qu'elle avait réussi non sans peine à dissimuler derrière une façade d'insolence et de désinvolture jusqu'à ce que Gunnar commence à saper ses défenses en parlant de leur enfance…

Plaquant la main sur sa bouche, elle se plia en deux pour étouffer le gémissement dans sa gorge.

Elle repensa à ce qu'elle avait dit… Son enfance merveilleuse. Une éducation haut de gamme. Et des voyages aux quatre coins de la planète.

Mais seule.

Toujours seule.

Désespérément seule.

La réalité derrière ces mots lui sautait au visage à présent.

Elle avait envie de taper sur quelque chose, de décocher des coups de pieds dans les murs. De laisser libre cours à sa rage.

Non, son enfance n'avait pas été merveilleuse. Mais le simple fait d'oser le penser lui donnait l'impression de trahir le père qui l'avait élevée, ce père qu'elle avait adoré.

C'était pourtant la réalité. Elle n'avait connu que la solitude. Elle n'avait pas de famille, pas d'amis. Elle avait simplement noué une relation étrange avec son rival en affaires. Et c'était peut-être la raison de ses sentiments chaotiques pour Gunnar. Elle avait fait une fixation sur lui parce qu'elle ne connaissait personne d'autre.

Allait-elle condamner un enfant à cette vie-là ? Et

elle… qu'allait-elle faire ? Gunnar disait qu'il allait lui enlever Ambient. Que deviendrait-elle si elle perdait son entreprise ? Sa vie, son enfance, toutes ces années de travail acharné, tous ces sacrifices… Tout ça pour rien !

Le chagrin était comme une sorte de créature vivante dans sa poitrine. Une créature dont les griffes creusaient en elle, la vidant de tout espoir.

Elle ne savait plus qui elle était. Elle ignorait comment sortir du pétrin dans lequel elle s'était fourrée. Elle avait toujours fait tout ce qu'on avait attendu d'elle. Absolument tout.

Jusqu'à Gunnar. Jusqu'à ce qu'elle cède à son désir pour lui. Et voilà où ça l'avait menée.

Elle payait aujourd'hui les conséquences de toute une série de mauvaises décisions. Et elle ne savait pas comment réparer ses erreurs.

Alors, elle céda aux regrets, au chagrin, les laissa se répandre en elle et se mit à sangloter.

Pendant ce temps, Gunnar s'était chargé de faire livrer des vêtements et des articles de toilette pour Olive. Il avait organisé la visite d'un médecin le lendemain pour procéder au test de paternité et commandé un petit déjeuner pour deux, avant de s'accorder enfin quelques heures de sommeil.

Il se réveilla juste à temps pour réceptionner la livraison de la nouvelle garde-robe d'Olive et celle du petit déjeuner – du pain, du miel, des dattes, des fruits et du fromage. Le genre de petit déjeuner nécessaire pour lutter contre le décalage horaire.

Il mettait la cafetière en marche quand Olive arriva dans la cuisine. Dans la même tenue que la veille bien sûr, le chignon à moitié défait, les yeux cernés et l'air morose.

— Bonjour, dit-il.

— Salut, marmonna-t-elle.

Il sentit une vibration lui parcourir le corps. Bon sang, même maintenant, sachant à quel point elle pouvait être malhonnête, il la désirait. Et l'idée de la punir pour sa fourberie l'excitait plus encore.

Il avait envie de la plaquer au mur, la main sur sa gorge. Il voulait l'entendre implorer son pardon et le supplier de la posséder corps et âme.

À croire qu'il avait dans les veines plus de sang viking qu'il ne le croyait.

— J'ai fait venir des vêtements pour toi.

— Merveilleux, marmonna-t-elle. Tu as envoyé quelqu'un chercher mes affaires ?

— Non. J'en avais marre de ton uniforme de croque-mort. J'aimerais te voir porter un peu de couleur.

— De la couleur ?

— Oui, tu t'habilles toujours en noir. Je trouve tes tenues peu attrayantes.

— Tu ne les trouvais pas si déplaisantes quand tu m'as court-circuité le cerveau, il y a deux mois.

— C'était après t'avoir déshabillée.

Olive leva les yeux au ciel en soufflant de façon peu féminine et jugea préférable de changer de sujet.

Elle jeta un œil méfiant au le petit déjeuner.

— Les petits pains ne sont pas empoisonnés, précisa Gunnar.

— Comment sais-tu que j'allais te poser la question ?

— Les petites malignes dans ton genre sont prévisibles.

Elle fronça le nez.

— Je vais devoir me montrer plus créative.

Gunnar connaissait peu de personnes aussi créatives qu'Olive. C'était l'une de ses grandes qualités dans un secteur technologique en constante évolution. Raison pour laquelle, il était si surprenant qu'elle ait triché pour décrocher le contrat. Le recours à l'espionnage industriel témoignait généralement d'un cruel manque d'inventivité chez l'adversaire. Il avait fallu qu'Olive soit vraiment désespérée pour tomber si bas.

— Pourquoi as-tu fais ça ?

— Fais quoi ?

— Pourquoi t'es-tu abaissée à voler mon logiciel pour décrocher ce marché ? Ce n'est pas dans ta nature, Olive. Du moins, pas dans celle que je te connaissais.

— Il fallait à tout prix que je l'aie.

— Tu avais donc si peu confiance en toi ?

Elle rejeta la tête en arrière.

— Non. Il ne s'agit pas d'un manque de confiance en moi. Pas du tout. Simplement, je voulais être certaine de gagner. De toute façon, même si je n'avais pas récupéré d'infos sur ton système, je pense que Yamamoto aurait choisi le mien parce qu'il est clairement plus adapté à une utilisation grand public.

— Mais tu ne le sauras jamais avec certitude. Finalement, ce n'est pas seulement moi que tu as trompé, Olive. Tu t'es leurrée toi-même. Ta victoire est pipée.

— Je m'en fiche. Ma priorité était de décrocher ce marché.

— Explique-moi pourquoi.

— Parce que c'était important pour mon père. Et si c'était important pour lui, c'est important pour moi. Je voulais réussir ce pour quoi il m'a formée, je ne pouvais pas prendre le risque d'échouer

— Mais ensuite, pourquoi avoir prolongé le match dans ma chambre d'hôtel ? Pourquoi y avoir mêlé le sexe ?

Olive détourna les yeux.

— Ce n'était pas la même chose. Le match, je voulais le gagner pour mon père. Toi… c'était différent. J'avais envie de toi et je… je voulais en finir avec ce désir absurde. Je ne voulais plus qu'il me perturbe. Je voulais me défaire de toi une bonne fois pour toute.

— C'était si mal d'éprouver du désir pour moi ? demanda Gunnar d'une voix rauque, presque étrangère à ses oreilles.

— Oui. Je ne supportais plus de passer mon temps à te déshabiller mentalement pendant les réunions, avoua Olive avec une grimace embarrassée.

— Ça te gênait ?

— Bien sûr. Ce genre de chose me met mal à l'aise. Pas toi ?

— Non. Le désir, c'est naturel. Quand j'ai envie de quelqu'un, je le lui fais savoir.

— Alors, tu n'avais jamais éprouvé de désir pour moi avant que je retire mon pull, ce soir-là ?

Sa question fit mouche.

Il se souvenait de la première fois où il avait remarqué les délicieuses courbes féminines de son corps. Elle avait dix-huit ans. Elle portait une petite robe noire ajustée, au décolleté efficace sans faire injure au bon goût.

Il se souvenait aussi de la gamine triste et solitaire pour laquelle il avait éprouvé un mélange complexe de rancœur et de pitié parce qu'elle faisait écho à sa propre solitude.

Il se souvenait de leur premier duel face à un client et du conflit dans son esprit. Il voulait tout à la fois gagner le marché et la protéger d'un échec.

Il se souvenait de son sentiment de tendresse et de compassion mêlées de désir quand il l'avait tenue dans ses bras après l'enterrement de son père.

C'était difficile à décrire, mais d'une certaine façon, au fil des ans, elle s'était insinuée en lui. Elle s'était emparée de son âme.

— Je suppose que tu représentais la limite à ne pas franchir, dit-il lentement en pesant chaque mot. Je ne mélange jamais les affaires et le plaisir.

— Eh bien ! c'est exactement ce que j'essayais de faire ! rétorqua Olive. M'affranchir des affaires et prendre du plaisir.

Gunnar ne releva pas, se contentant de la dévisager fixement durant de longues secondes. Puis il lui tourna le dos et sortir une assiette d'un placard.

— Assieds-toi et mange. On dirait que tu vas tomber dans les pommes. Je ne tiens pas à amortir ta chute une fois de plus.

— Tu parles d'une épreuve ! ironisa Olive.

Elle prit cependant l'assiette qu'il lui tendait. Elle y déposa un petit pain, du miel et du fromage, et s'assit devant l'îlot central tandis qu'il lui servait un café.

Elle en but une gorgée et ne put réprimer un soupir de contentement.

— Un médecin va venir ici te faire une prise de sang.

— Quoi ? s'étrangla Olive.

— Pour savoir si ce bébé est de moi ou non, précisa froidement Gunnar.

Olive sentit sa gorge se serrer.

— Je ne pensais pas qu'on pouvait le savoir si tôt.

— Les techniques s'améliorent.

— Je déteste les prises de sang.

— Dommage, c'est le procédé le plus rapide, et tu n'as pas le choix.

Olive baissa les yeux sur son assiette et la regarda fixement.

— Le bébé est de toi, marmonna-t-elle.

— Pardon ?

— Le bébé est de toi, répéta-t-elle, le regard obstinément fixé sur son assiette. Je pensais que tu me ficherais la paix si je te disais que je ne savais pas qui était le père. Je croyais…

— Tu m'as menti, Olive.

— J'ai paniqué. Je n'avais jamais couché avec un homme avant et je… je l'ai fait avec toi. C'était une erreur. Une terrible erreur. Je n'ai pas du tout pensé à me protéger. Pas une seconde. Mais, toi… Ce n'était pas ta première fois. Tu aurais tout de même pu penser à…

— Attends une seconde ! l'interrompit Gunnar, soudain figé par l'incrédulité. Tu n'avais jamais couché avec un homme ?

Olive piqua un fard.

— Maintenant, c'est fait.

— Tu étais vierge, murmura Gunnar.

Un curieux sentiment de triomphe l'envahit, et il s'en voulut. Mais il y avait si longtemps qu'il la désirait… Savoir qu'il était son premier amant réveillait le Viking en lui.

— Eh bien oui, marmonna-t-elle, rougissant de plus belle. Mais peu importe la terminologie. Je savais ce que je faisais. J'ai lu beaucoup de… j'aime bien les romans qui… Enfin, bref, je savais comment ça fonctionne. J'étais plutôt bien préparée sur le sujet.

— Si je comprends bien, tu prétends que cet enfant est de moi parce que tu étais vierge. Et, bien sûr, parce qu'il n'y a eu aucun autre homme dans ton lit après moi.

— En effet. Pas besoin d'un test de paternité.

Gunnar plissa les yeux et la jaugea du regard.

Pouvait-il lui faire confiance ?

Certainement pas.

— Moi, j'en ai besoin. Parce que je ne sais pas quelle version de toi est la véritable Olive. Jusqu'à présent, je te croyais honnête. Aujourd'hui, ce n'est plus le cas. Tu fais de l'espionnage industriel et tu mens quand ça t'arrange.

— Justement ! Quel intérêt aurais-je à te mentir maintenant ? protesta Olive. Il serait plus simple de te dire que ce bébé n'est pas le tien pour me débarrasser de toi.

— Et tu irais tout droit en prison.

— Je… Tu es ridicule !

— Vraiment ?

— Oui, vraiment. Je ne te mens pas, Gunnar. Pas cette fois. Pas maintenant.

— Il va falloir que tu m'expliques la raison de ce sursaut d'honnêteté, parce que je ne comprends pas ce qui se passe dans ta tête.

Et tout à coup, Olive, la battante, la dure à cuire, fondit en larmes.

8.

Seigneur, elle avait complètement perdu l'esprit ! Voilà qu'elle pleurait devant cet homme. Et elle ne pouvait pas s'arrêter.

Dès son plus jeune âge, son père lui avait appris à être forte et à garder ses émotions pour elle. À ne jamais laisser les sentiments prendre le pas sur la raison, à ne jamais montrer sa souffrance et sa peur, c'était sa règle d'or. Il l'avait si profondément ancrée en elle qu'elle était gravée dans son âme.

Mais à présent, elle était en train de s'effondrer. Elle n'était plus elle-même. Une réaction hormonale, peut-être. Était-ce normal à ce stade de la grossesse ? Elle n'en avait aucune idée. En réalité, elle ne savait pas grand-chose sur le simple fait d'être une femme. Elle n'avait pas eu de mère, elle n'avait pas vraiment d'amies. Sa part de féminité s'exprimait dans la fiction. Elle s'identifiait aux héroïnes des romans d'amour qu'elle lisait. Elle se mettait à leur place, et ce qu'elle ressentait alors… c'était d'une certaine façon ce qu'elle s'interdisait dans le monde réel.

Dans la vraie vie, elle devait être imperturbable, inflexible, capable de tout faire, de tout encaisser, de tout gérer. Mais là, tout de suite, elle n'était capable de *rien*.

— Il fallait que j'aie ce contrat, dit-elle entre deux sanglots. C'était le projet phare de mon père, celui sur lequel il travaillait depuis des années. À sa mort, quand j'ai repris le projet, j'ai découvert que son système, s'il était révolutionnaire il y a dix ans, n'était absolument pas à la hauteur des évolutions technologiques du marché actuel. Il n'était pas prêt, et il restait tant de choses à faire en si peu de temps que je n'avais aucune chance de réussir. Mais c'était le Graal après lequel courait mon père, et si j'échouais… Si j'échouais, c'était la preuve que je n'étais sans doute pas digne de diriger Ambient et que mon père s'était trompé en misant sur moi pour l'avenir de l'entreprise.

Honteuse, elle inspira profondément et releva les yeux sur Gunnar, guettant malgré elle dans son regard une lueur compréhensive.

— Et ton honneur dans tout ça ? demanda-t-il, inflexible.

Elle serra les poings.

— Ce que j'ai fait, je l'ai fait pour mon père. Parce que c'était ce qu'il attendait de moi. J'étais prête à tout pour réaliser son souhait, même à renier mes valeurs morales.

— Je vois. Et notre petit intermède sexuel, c'était simplement pour te débarrasser de moi ?

Olive hocha la tête.

— Oui. Parce que tu me fais ressentir des émotions dont je ne veux pas, confessa-t-elle dans un murmure. Mais ce soir-là, ce que j'ai fait, c'était une erreur. Comme tout le reste. Tu sais…

Elle se sentait minable.

— Je ne suis pas parfaite.

L'aveu lui coûtait. Elle baissa les yeux.

— J'ai beau travailler dur pour être aussi compétente que mon père, je ne suis pas au top dans tous les domaines et bien souvent je me demande ce que je fais là… Mais je voulais décrocher ce marché. Du coup, j'ai commis une erreur. C'était une grosse bêtise, on est tous d'accord là-dessus.

Malgré sa honte, Olive soutint le regard de Gunnar,

tentant de deviner ce qu'il pensait. En vain. Son visage était de marbre.

— Tu feras le test de paternité, asséna-t-il.

— Je ne…

— Inutile de discuter. Tu feras ce que je te dis.

— Tu n'es qu'un enfoiré ! s'emporta brusquement Olive.

— Et toi, une sale petite menteuse qui mérite d'être punie.

— Punie avec un test de paternité ? Quel intérêt aurais-je à mentir maintenant ? D'ailleurs, au point où j'en suis, autant que je déballe tout le reste. Pour commencer, je ne suis pas fan de littérature classique, je lis des romans d'amour. Je rêve que tu es un Viking qui m'enlève et me prend de force. Côté professionnel, ce n'est guère plus reluisant. J'ai passé ma vie à apprendre à diriger une entreprise, mais je ne me sens pas à la hauteur. Tout ce que je voulais, c'était que mon père soit fier de moi. Mais il est mort avant que j'aie pu faire mes preuves. Du coup, j'ai voulu lui rendre une sorte d'hommage posthume en décrochant le contrat du siècle. Mais là encore, j'ai tout bousillé. Et pour couronner le tout, je suis enceinte. Oui, j'ai été malhonnête en affaires et je t'ai menti à propos de ma vie sexuelle. Je n'ai jamais couché avec un autre homme que toi. Voilà, c'est dit ! Maintenant que tu sais tout, je n'ai plus aucune raison de continuer à te mentir, Gunnar.

Elle tressaillit sous son regard bleu glacial. Et la lueur de mépris qu'elle y aperçut lui fit l'effet d'un coup de poignard en plein cœur.

Pourquoi le jugement de cet homme l'affectait-il autant ?

Il demeura silencieux, ne semblant pas touché par sa détresse, par la façon dont elle venait de tomber le masque sous ses yeux.

Olive sentit l'étau se resserrer sur sa poitrine, implacable.

— Il faut vraiment que tu me dépouilles de tout, Gunnar ?

Il avait la réputation d'être impitoyable avec ses

concurrents. Mais il lui offrait des cupcakes et parfois, malgré leur rivalité en affaires, elle avait même l'impression qu'il était son ami. Elle n'en avait pas d'autre.

— Oui, si c'est ce que je dois faire, répondit-il.

Son regard était dur, sa voix cassante. Preuve qu'il n'était rien de ce qu'elle avait imaginé. Que leur relation n'était pas celle qu'elle croyait.

Il était clair qu'il n'éprouvait pas les mêmes sentiments qu'elle. Et que sous sa façade policée, il n'était qu'un barbare – un barbare sur lequel elle avait fantasmé. Au sens sexuel du terme, bien sûr. Il était bien plus amusant d'imaginer des choses dans la chambre à coucher que de les transposer dans la vie réelle où les conséquences étaient elles aussi bien réelles. Si vous rêviez de mâles dominants, il fallait s'attendre à connaître aussi le revers de la médaille. Qui, dans le cas présent, s'avérait être un salaud revanchard qui se comportait comme si elle n'était qu'une gamine stupide.

— Gunnar, je…

— Tu quoi, Olive ? Tu m'as gravement sous-estimé. Et c'est bien là le problème. Ce n'est pas parce que tu as gagné quelques-uns de nos duels que tu peux te croire tout permis. Tu n'as pas idée de ce dont je suis capable. Tu ne me connais pas. Et maintenant, tu dois faire face aux conséquences de tes actes.

Elle tressaillit, mais soutint son regard.

— Toi non plus, tu ne me connais pas. Tu ne sais rien de ma vie. Tu crois que c'était facile avec mon père ?

Elle avait l'impression de commettre une trahison en disant cela, surtout à Gunnar. Il avait détesté James Monroe, tout comme son père avant lui. Mais la rivalité qui les avait opposés était différente de celle qui existait entre elle et Gunnar. Entre eux, il y avait certes une relation de compétition, mais aussi…

Une attraction sexuelle que tu as confondue avec autre

chose. Parce que malgré tes lectures, tu n'étais qu'une petite vierge naïve. Et tu ne t'es pas protégée, espèce d'idiote !

Oui, elle n'était qu'une idiote qui avait tout détruit.

Elle, qui avait l'habitude que tout soit bien organisé, chaque risque calculé, maîtrisé, s'était aventurée sur le terrain de l'espionnage industriel et avait couché avec Gunnar. Elle avait fait en sorte que tout ait un sens dans sa tête, alors même qu'elle nageait en pleine absurdité.

— Mon père attendait de moi que je sois à vingt-quatre ans le P-DG qu'il avait été. Mais ce poste, il l'avait choisi, et il avait mis des années pour acquérir les compétences nécessaires. Moi, je n'ai pas eu le choix. Je n'ai jamais eu d'autre option que de prendre le relais à la tête d'Ambient.

Gunnar la dévisagea froidement.

— Bien sûr. Comme si moi, j'avais eu le choix, fit-il, sarcastique.

— Je ne dis pas que c'était différent pour toi. Tu es sans doute la seule personne au monde qui peut comprendre ce que c'est que de grandir auprès d'un homme tel que mon père.

— Je ne pense pas qu'on puisse le comparer au mien. Ils étaient radicalement différents.

— Ils ne procédaient pas de la même façon, mais au final c'étaient les mêmes.

— Je ne crois pas, non.

— Peu importe. J'essaye seulement de t'expliquer ce que j'ai vécu au cas où tu chercherais un brin d'empathie dans ton esprit si pragmatique.

— Je n'ai pas d'empathie.

— Tu en avais, répliqua Olive. Quand mon père est mort, tu as fait preuve d'empathie.

— Une erreur.

Son ton était glacial.

Olive baissa les yeux sur son assiette et se mit à manger du bout des lèvres sous le regard impassible de Gunnar assis de l'autre côté de l'îlot central, ses mains bronzées plaquées sur le plateau de bois. Ce qui lui rappela ces même mains, posées bien à plat sur le marbre noir d'un bar, tandis qu'il la regardait se déshabiller. Ces mêmes mains sur son corps, ce soir-là…

Elle sentit aussitôt le désir se répandre dans son ventre provoquant une délicieuse crispation entre ses cuisses. Bon sang ! Comment pouvait-il lui faire encore cet effet, alors qu'il était si cruel avec elle ?

Mais ce qu'elle éprouvait pour cet homme défiait toute logique.

Il était son premier et unique coup de foudre. Elle n'avait jamais eu le béguin pour aucun autre garçon. Adolescente, elle ne s'était jamais pâmée devant les stars susceptibles d'émouvoir les filles. Elle avait toujours été un peu décalée par rapport aux jeunes de son âge.

Peut-être parce que tout son univers tournait autour de Gunnar. Elle ne voyait que lui.

Peut-être parce qu'on lui avait appris à être sérieuse, raisonnable, efficace et, par-dessus tout, déterminée. Et qu'elle ne pouvait être attirée que par un homme de sa trempe.

Tout était si compliqué. Elle était complètement déboussolée.

Et elle était enceinte.

Son monde avait brusquement basculé sans lui laisser le temps de se faire à cette idée. Elle n'avait pas vraiment réfléchi à ce qu'impliquait l'arrivée d'un enfant.

Elle savait diriger une entreprise. Elle avait été formée pour ça. Mais être mère… Elle ne savait pas. Elle n'avait pas eu de modèle.

Pour élever un enfant, il fallait lui consacrer du temps, le protéger.

Personne ne l'a jamais fait pour toi. Et tu t'en es sortie.

Oui. Mais l'idée de mettre au monde un petit être et de ne pas veiller sur lui… C'était tout simplement insupportable.

Comment pourrait-elle offrir à un enfant la même vie que la sienne ?

L'angoisse lui noua brusquement l'estomac.

Lentement, elle posa sa fourchette et inspira profondément.

— Tu vas bien ? demanda Gunnar.

Elle lui décocha son regard le plus noir.

— Non, je ne vais pas bien. Je suis enceinte. À ce propos, j'aimerais connaître tes projets pour cet enfant. J'imagine que tu ne prévois pas de réorganiser ta vie pour lui.

Gunnar la dévisagea.

— Et toi, tu vas la réorganiser ?

— Tu considères que c'est à moi de la réorganiser ? Parce que je suis une femme ?

— En effet.

— On se croirait au Moyen Âge.

— Ce n'est pas tant le fait que tu sois une femme, mais plutôt le fait que ta charge de travail va être considérablement réduite puisque c'est moi qui vais diriger Ambient Technologies.

— Comment peux-tu me faire une chose pareille ? Ce n'est pas ton entreprise. Ce n'est pas toi qui lui as tout sacrifié… l'enfance, les amis, les loisirs et même le sexe.

— Pour ce qui est du sexe, j'ai toujours réussi à le caser dans mon emploi du temps de P-DG, répliqua Gunnar avec un petit sourire cruel.

— Parce que tu es un homme. Tu peux coucher à droite, à gauche, les gens s'en fichent. Ils s'étonneraient même du contraire. Et ça ne te gêne peut-être pas de coucher avec des bimbos sans cervelle pour passer le temps. Mais moi je ne peux pas coucher avec un homme que je ne respecte pas. De surcroît, ce sont les femmes qui prennent le plus de risques en couchant avec des inconnus. Sans garantie de satisfaction par-dessus le marché.

— C'est pour ça que tu étais vierge ?

— Oui.

C'était plus facile de répondre ça que de reconnaître qu'il était le seul homme qu'elle ait jamais désiré et le seul qu'elle puisse imaginer désirer.

Gunnar plissa les yeux, la scrutant froidement, cliniquement, cherchant à déceler le mensonge.

— On saura bientôt si c'est vrai.

— C'est la vérité. Même si je suis flattée que tu puisses croire que j'ai eu une floppée d'amants à mes pieds avant toi. Malheureusement, ma vie était un désert sexuel.

— Très convaincant. Mais tu as toujours eu le chic avec les mots. Alors, attendons de voir le résultat du test de paternité. Ensuite…

— Je sais, maugréa Olive. Ce sera la prison et la ruine. Ou le mariage.

— En attendant, mange.

Elle s'exécuta.

Comme un prisonnier prenant son dernier repas avant de monter à l'échafaud. C'était l'impression qu'elle avait.

Gunnar était un Viking qui l'avait enlevée, et elle était à sa merci.

9.

À l'arrivée du médecin en fin de matinée, Olive sortit de sa chambre, vêtue d'un pull-over crème sur un pantalon blanc, dans une étoffe fluide, ondulant merveilleusement à chacun de ses pas sur ses jambes fuselées.

Elle avait l'air plus jeune et plus douce avec ses longs cheveux bruns, libérés de leur éternel chignon, encadrant à présent son visage. Bien différente de la femme qu'elle était dans son uniforme habituel.

— Te voilà rajeunie, déclara Gunnar.

— Merci. Mais je préfère le noir.

— Les couleurs claires te vont mieux.

— Je ne m'habille pas pour plaire.

Elle était belle de toute façon. Même s'il ne le disait pas.

Gunnar dut lui aussi fournir un échantillon de sang. Après avoir procédé à un rapide examen médical, le médecin donna quelques conseils à Olive pour le bon déroulement de sa grossesse.

— Je vous appelle, dès que j'ai le résultat du test, leur dit-il en prenant congé.

Pâle et nauséeuse, Olive se recroquevilla sur le canapé le plus proche de la baie vitrée offrant une vue plongeante sur l'immensité blanche en contrebas.

— Je suis fatiguée, dit-elle en posant la joue sur l'accoudoir.

— Ça se voit. Il est clair que tu ne peux pas travailler dans ton état.

— Tu as entendu le médecin, la fatigue est intense au premier trimestre de la grossesse à cause du pic hormonal. Je devrais donc me sentir mieux dans trois semaines. Théoriquement.

— Tout compte fait, ma prise de contrôle sur ton entreprise n'est peut-être pas une si mauvaise chose pour toi.

— Je t'en prie, Gunnar. N'essaye pas de transformer un acte hostile de ta part en un geste généreux. Franchement, tu vaux mieux que ça.

— D'accord. La vérité, c'est que tu ne mérites pas de rester à la tête d'Ambient après ton coup tordu. Tu es indigne d'une telle fonction.

— Indigne ! Gunnar Magnusson me trouve indigne de diriger l'entreprise de mon père. Que dois-je faire ?

— Commence par t'excuser.

— Au diable les excuses !

— Tu n'éprouves pas de remords ?

— Je pense avoir été claire. Je t'ai expliqué mes raisons.

— Dans ce cas, tu ne m'en voudras pas pour ce qui va se passer. Moi aussi j'ai mes raisons.

Olive encaissa le coup d'un battement de cils, puis redressa la tête, le regard étincelant d'un mélange de rage et de résignation.

— Dis-moi, Gunnar, tu m'aurais amenée ici si je n'avais pas été enceinte ?

Il secoua la tête.

— Non. Je t'aurais fait arrêter sur-le-champ.

— Pourquoi Jason m'a-t-il balancée ?

— Il espérait une promotion en jouant sur les deux tableaux. Au final, il s'est dit que ce serait plus avantageux pour lui de te trahir toi, plutôt que moi. Mais ça ne s'est pas terminé comme il l'espérait.

— Tu ne l'as pas récompensé pour sa loyauté à ton égard ?

— Les types de son espèce, capables de retourner leur veste, n'ont aucun sens de l'honneur. On ne peut pas leur faire confiance. De ce point de vue, toi, tu es loyale, Olive. Si ta droiture morale laisse à désirer, ta loyauté envers Ambient et la vision de ton père ne fait aucun doute.

Olive eut un petit reniflement.

— C'est déjà ça. Jason est un traître pire que moi.

— Donc, tu reconnais que tu as mal agi ?

— Pourquoi est-ce si important que je le reconnaisse ? Il y avait une faiblesse dans ton système, j'en ai profité. Comme je te l'ai dit, je devais à tout prix décrocher le contrat. Parce que je n'ai rien en dehors d'Ambient. Je n'ai *rien*. Je ne suis rien. Alors, j'ai fait ce que j'ai fait. Parce que ça me semblait raisonnable. Sur le moment.

Inutile de préciser que plus rien ne lui semblait raisonnable maintenant qu'elle était enceinte de son adversaire.

Gunnar la dévisagea.

Tu la crois ?

Il regarda la pauvre petite créature pâle et pathétique, assise face à lui. Il n'aurait jamais imaginé Olive Monroe sous ce jour.

De la même façon qu'il n'avait pas imaginé une seconde qu'une femme aussi ravissante, intelligente et déterminée puisse être vierge. Il était alors convaincu qu'elle pouvait avoir tous les hommes qu'elle voulait d'un claquement de doigts.

Mais la réalité était tout autre. Olive n'avait visiblement pas de vie en dehors du travail. Ce qui expliquait peut-être sa façon si tordue de voir les choses.

Comme si la tienne était mieux !

Lui non plus n'avait pas d'amis, pas de vie affective. Cela dit, il avait des principes.

Raison pour laquelle il s'en voulait en cet instant même de sentir naître dans son bas-ventre une sensation sans équivoque quand il la regardait.

Il n'aurait pas dû la trouver si attirante. Pas maintenant. Pas après ce qu'elle avait fait.

— Tu as une petite mine. Tu as faim ?

— Pas vraiment. Mais quand je grignote, je me sens un peu mieux. Je ne sais pas si c'est normal ou pas. En tout cas, les nausées se calment.

Gunnar alla ouvrir le réfrigérateur dans le coin cuisine d'où il revint avec un plateau de charcuterie et de fromage qu'il déposa sur la table basse devant Olive.

Elle le regarda d'un œil intrigué.

— Pourquoi ce soudain accès de gentillesse à mon égard ?

— Tu trouves que c'est gentil ?

Elle cilla et inclina la tête sur le côté, l'air dubitative.

— Je ne sais pas vraiment. Ce n'est peut-être pas gentil après tout. Il faut dire que je n'ai pas beaucoup d'interactions avec les gens, si ce n'est avec mes employés et… avec toi.

Elle eut un petit rire.

— Même quand nous nous affrontons, tu m'offres des cupcakes. Je vais finir par croire que cela t'amuse de me nourrir.

— Les cupcakes faisaient en effet partie du jeu.

— Eh bien, tu es la seule personne avec qui je jouais. Mais je me suis trompée sur ce que nous étions.

— Que croyais-tu ?

— J'aurais dit que nous étions rivaux. Voire même ennemis. Mais parfois aussi, j'avais l'impression que nous étions amis.

— Je n'ai pas d'amis.

Olive hocha la tête, et la tristesse dans ses yeux perça quelque chose dans la poitrine de Gunnar.

— Non. Bien sûr. Tu es un Viking. Un guerrier. Un homme qui a un code d'honneur…

— Restons factuels, Olive, l'interrompit sèchement Gunnar. Pas besoin de verser dans l'émotionnel. Je suis imperméable aux sentiments.

— Tu es pourtant très en colère contre moi. Tu éprouves donc des émotions. Tu n'es pas si insensible que tu veux bien le faire croire.

— Tu parles de choses dont tu ne sais rien.

Olive balaya l'argument d'un geste de la main.

— Je te connais un peu. Nous nous sommes regardés devenir ce que nous sommes aujourd'hui.

— C'est vrai.

— J'ai toujours pensé que tu m'apportais des cupcakes pour te faire pardonner celui que tu m'avais chipé sous le nez le jour de mes six ans.

— Je ne savais pas que c'était ton anniversaire.

— Je ne te l'avais pas dit.

— Mais tu ne t'es pas privée de me rebattre les oreilles avec ce fichu gâteau pendant des années.

— Et tu t'es senti obligé de m'en offrir.

— Tu salivais dès que tu m'entendais arriver.

— C'est ce qu'on appelle un réflexe pavlovien. Tu as conditionné mon corps à réagir à ton approche.

Réalisant soudain ce qu'elle venait d'admettre, elle ouvrit de grands yeux et inspira brusquement.

— Si tu le dis, commenta Gunnar avec un petit sourire en coin.

— Bon. J'espère que le médecin va bientôt appeler. Comme ça nous pourrons passer aux choses sérieuses et discuter de ce que tu comptes faire.

— Tu as hâte de le savoir ?

— Ai-je le choix ? soupira Olive, l'air résignée.

Mais Gunnar savait désormais qu'il y avait lieu de se méfier d'Olive Monroe. Il devinait la lueur calculatrice cachée derrière son regard. Il imaginait les rouages de son cerveau tourner à plein régime.

Cette fois, il ne se laisserait pas piéger. Il avait face à lui un adversaire de taille. Il ne devait pas l'oublier.

10.

En attendant que le résultat du test vienne confirmer ce que tous deux savaient déjà, Olive décida d'explorer les lieux.

Les pièces étaient toutes dans des tons de beige, meublées avec goût mais sans ostentation. Un décor sobre et apaisant. Jusqu'à ce qu'elle ouvre une porte à l'arrière de la maison.

Une explosion de couleurs l'accueillit. Stupéfaite, elle balaya d'un regard circulaire les étagères sur lesquelles s'alignaient des figurines d'action, des petites voitures, des jeux de société. Et des boîtes pleines de… bonbons.

— Qu'est-ce que tu fais ici ?

Elle se retourna, le cœur battant.

— Je visitais juste.

— Eh bien, maintenant, c'est fait.

— C'est quoi cette pièce ?

— C'est rien.

— Rien ? s'étonna Olive. Mais tous ces jouets…

Le visage de Gunnar se ferma, son regard se durcit.

— C'est une collection.

— Et les bonbons ?

Olive s'approcha pour examiner de plus près les boîtes de sucreries colorées totalement incongrues dans la demeure d'un homme comme Gunnar.

D'un autre côté, il lui avait chipé son cupcake. Ce n'était peut-être pas si incongru après tout.

— Tu manges des bonbons ?

— Cela m'arrive, répondit-il en évitant son regard.

Elle aurait pu rire de sa gêne, mais quelque chose sous les apparences la touchait et la tracassait.

— Je ne te savais pas l'âme d'un collectionneur.

— J'ai commencé à collectionner quelques trucs quand j'étais gamin et j'ai continué. Chaque milliardaire se doit d'avoir une collection. Je suis un peu au-dessous de la norme.

— C'est vrai. Tu ne collectionnes pas les voitures de sport. Ni les œuvres d'art. Tu es plutôt du genre modéré.

Elle désigna une boîte de jeu parmi d'autres.

— Tu sais y jouer ?

— Je n'ai jamais eu personne avec qui jouer, répondit Gunnar.

Elle tourna la tête vers lui, et les émotions l'assaillirent, conflictuelles, contradictoires.

Il l'avait emmenée ici de force. Il menaçait de l'envoyer en prison et de lui prendre son entreprise. Il mettait sa vie sens dessus dessous. Mais il était aussi l'homme qui l'ensorcelait et lui embrouillait les idées. Celui qui lui donnait envie de choses qu'elle ne pourrait jamais obtenir. Celui qui la contrariait et la charmait tout autant.

C'était aussi le guerrier viking, froid et impitoyable, qui alimentait ses fantasmes.

Un homme déçu par son manque d'honnêteté.

Un homme qui l'avait embrassée avec fougue comme si sa vie en dépendait.

Un homme qui possédait cette collection étrange, dissimulée dans une pièce à l'arrière de sa maison.

— Nous allons jouer, décréta-t-elle en choisissant un jeu de stratégie consistant à bâtir un empire avec les ressources de la Terre. Cela nous permettra de passer le temps en attendant le coup de fil du médecin.

En réalité, elle avait simplement envie de passer un moment avec Gunnar. Sans tension ni colère.

Il hocha la tête.

— D'accord.

Il lui prit la boîte des mains, et ils allèrent s'installer au salon autour d'une table, face à face. Comme dans les salles de réunion.

Ils disposèrent le plateau de jeu, distribuèrent les cartes et choisirent leurs pions.

— Je suis un adversaire redoutable à ce genre d'exercice, lança Olive. Tu devrais trembler de peur.

Gunnar lui sourit. Pour la première fois depuis un bout de temps.

— Toi aussi. Je suis un Viking.

Elle lui rendit son sourire.

— Je sais.

Ils furent bientôt complètement absorbés par la partie. Gunnar éclata de rire quand il réussit à lui voler ses pâturages. En retour, Olive fit un raid sur ses mines d'argent en criant victoire.

Ils étaient soudain comme deux gamins – ceux qu'ils n'avaient pas eu le droit d'être, réalisa-t-elle. S'ils avaient pu jouer ainsi avant, s'ils avaient grandi ensemble, les choses auraient pu être différentes.

Gunnar était l'autre face de son existence. Il était unique. Il n'existait personne d'autre comme lui. Absolument personne. Et si elle ne trouvait pas un moyen de renouer ce lien si précieux qu'elle avait cassé, si elle ne réussissait pas à arranger les choses entre eux, elle serait seule à tout jamais.

— Je suis en train de faire main basse sur le secteur de l'élevage, annonça-t-il.

— Pas sûr que ce soit la bonne stratégie.

— Tu verras bien.

Un petit sourire entendu étira ses lèvres. Exactement comme chaque fois qu'il lui tendait un cupcake avant un de leurs duels.

— Tu savais ce que tu faisais avec tes petits gâteaux au chocolat, dit Olive.

Nullement désarçonné par ce brusque changement de sujet, Gunnar soutint son regard sans ciller.

— Tu veux dire que je savais que je te conditionnais ?

Il haussa les épaules.

— Bien sûr.

— En fait, reprit Olive en fronçant les sourcils. Je n'ai jamais compris cette relation bizarre entre nous. Avant toute cette histoire. Avant que nous y mêlions le sexe et que nous en arrivions là… Franchement, je ne comprends pas

— C'est simple. Nous ne sommes pas comme tout le monde, déclara Gunnar.

C'était bien ce qu'elle craignait. Il n'y avait qu'une seule explication : ils n'étaient pas comme tout le monde.

Ils n'avaient jamais été vraiment amis, mais jamais non plus vraiment ennemis. Rivaux certes, mais aussi alliés d'une certaine façon.

Son attirance pour lui avait bien sûr compliqué leur relation. Sans parler de la perte de son père qui l'avait poussée à piétiner son amour-propre et ses valeurs par loyauté filiale. Une loyauté de plus en plus souvent remise en cause, ces derniers temps. Surtout quand elle se demandait quelle mère elle voulait être. Surtout quand elle essayait d'imaginer ce qu'aurait pu être sa vie. Dans ces moments-là, elle réalisait que Gunnar avait été la seule personne proche d'elle. Et la plus humaine.

— Tu as raison. Nous ne sommes pas comme tout le monde.

Il y eut un long silence.

Elle aurait voulu abolir la distance entre eux et l'embrasser. Elle aurait voulu pouvoir remonter le temps, ne pas faire ce qu'elle avait fait. Effacer sa trahison. Effacer la déception et la rancœur qu'il éprouvait à son égard.

— Je t'ai fait de la peine ? demanda-t-elle.

Gunnar leva sur elle un regard soudain glacial.
— Non.
— Pourtant… Tu m'en veux.
— En effet, je t'en veux.
— Mais ?
— Tu n'as pas le pouvoir de me faire du mal, Olive.
Sous-entendu : « Personne n'a ce pouvoir sur moi. »
Elle chercha son regard.
— Et maintenant, tu ne veux plus me faire plus confiance. Tu refuses de me croire quand je dis que cet enfant est de toi. Tu préfères attendre le résultat du test de paternité
— C'est à ton tour de jouer, Olive.
— Est-ce une façon de me punir ? insista-t-elle.
— Je n'ai pas besoin de te punir.
— Le mariage n'est-il pas une sorte de punition ?
— C'est une solution.
— Très bien. Alors, dis-moi si nous serons de nouveau amis.
— Nous n'avons jamais été vraiment amis.
— Tu dis que nous ne sommes pas comme tout le monde, mais tu ne peux pas me dire que nous sommes amis ?
Gunnar haussa les épaules.
— Je n'ai pas d'amis. J'ai des collègues, j'ai des maîtresses aussi, mais pas d'amis.
Olive détourna la tête un instant, puis reporta les yeux sur lui.
— Tu vas m'épouser, Gunnar. Je connais d'avance le résultat du test. Il sera positif. Alors, je voudrais savoir… Aimeras-tu cet enfant ? M'aimeras-tu un jour ?
En posant cette question, elle se sentait tout à la fois ridicule et pétrifiée par l'appréhension de sa réponse.
Le beau visage de Gunnar se ferma.
— Je n'ai pas d'amour à donner.
— Dans ce cas, à quoi bon m'épouser ? Quel intérêt ?
— C'est une question de devoir.

— Je ne pense pas que ce soit une bonne raison.

— Libre à toi de penser ce que tu veux, Olive.

Elle hocha la tête et garda le silence un moment, puis baissa les yeux sur le plateau de jeu.

— Je crois que j'ai gagné. Sans tricher, précisa-t-elle en comptabilisant ses ressources.

Gunnar fronça les sourcils.

— Tu es effectivement une adversaire redoutable.

Sur ce, il se leva et sortit de la pièce.

Le cœur lourd, Olive le regarda partir. Plus que jamais, elle aurait voulu être autre chose pour lui qu'une adversaire. En réalité, elle ne savait pas vraiment ce qu'elle aurait voulu être… Ou peut-être avait-elle tout simplement peur de le formuler.

Elle ferma les yeux.

Demain, il aura le résultat du test de paternité. Il sera positif. Et il va t'épouser. Cet homme sinistre qui désormais te déteste.

L'appréhension referma ses griffes sur sa poitrine. L'avenir qui l'attendait lui rappelait cruellement son enfance solitaire et sans chaleur.

Elle rouvrit les yeux.

Impossible. Elle ne le supporterait pas.

Elle ne pouvait s'y résigner.

11.

Pour s'enfuir, elle devrait attendre la nuit.

Elle n'avait plus le choix.

Elle avait essayé de renouer le lien avec Gunnar, de recoller les morceaux. Elle s'était ouverte à lui. Elle lui avait dit qu'il n'y avait jamais eu d'autre homme, que l'enfant était le sien. Elle avait essayé de lui expliquer les raisons de son acte pour décrocher ce maudit contrat – par loyauté envers son père disparu. Mais il lui avait claqué toutes les portes au nez, convaincu de son bon droit.

Il lui en voulait tellement. Jamais il ne l'aimerait.

Elle devait à tout prix reprendre la barre. Ne pas laisser Gunnar contrôler sa vie. Partir d'ici. Loin de lui.

Elle avait besoin d'espace pour démêler l'écheveau de ses sentiments.

Il y avait aussi cette part d'elle-même qui refusait de le laisser gagner.

Ou peut-être ne pouvait-elle tout simplement pas vivre avec quelqu'un qui ne voyait en elle qu'une personne décevante…

Elle chassa rapidement cette pensée et choisit des vêtements adaptés au climat local parmi ceux que lui avait fait livrer Gunnar. Grâce à son téléphone portable qu'il n'avait pas jugé bon de lui enlever, elle avait réservé un avion de tourisme censé l'attendre au pied de la montagne.

À minuit, elle enfila un jean, des bottes et une parka, et se glissa discrètement hors de sa chambre.

Elle n'échapperait pas à Gunnar bien longtemps, mais elle n'avait aucun intérêt à rester séquestrée dans son nid d'aigle. Elle allait retourner sur son territoire, appeler ses avocats et tout mettre en œuvre pour défendre son entreprise. Et *se* défendre.

Il ne pouvait tout de même pas la traîner de force à l'autel. Et s'il avait décidé de la ruiner, elle ne lui faciliterait pas la tâche. Il serait obligé de batailler.

À pas de loup, elle descendit l'escalier, traversa le salon et remonta le couloir conduisant à la plate-forme du funiculaire.

Ce n'est qu'en arrivant devant la cabine qu'elle réalisa qu'elle n'avait aucune idée de la façon dont la mettre en marche.

Elle chercha le boîtier de commande, examina le câble porteur, la cabine, à la recherche d'un levier. Elle ne voyait rien. Il faisait nuit noire, le vent soufflait, et la neige tombait de plus en plus fort.

Tant pis. Elle allait descendre à pied. Ce serait sans doute un peu long, mais elle était équipée. Et mentalement gonflée à bloc.

Comme elle posait le pied sur un affleurement rocheux, une bourrasque la déséquilibra. Elle dérapa et atterrit durement sur le sol pentu. Se sentant glisser, elle s'agrippa à la neige gelée qui lui écorcha le bout des doigts.

Tremblante, elle se redressa prudemment et prit une grande inspiration. Non, elle n'abandonnerait pas. Elle allait descendre cette fichue montagne, pas après pas, mètre après mètre. Parce que c'était la seule solution.

Elle s'en sortirait.

Il le fallait.

Pour elle. Pour le bébé.

Elle réussirait.

Gunnar se réveilla en sursaut. Il lui semblait avoir entendu un bruit.

Il se leva et sortit dans le couloir. Il était désert. Mais à l'autre extrémité, la porte donnant sur la chambre d'Olive était entrebâillée. Il s'approcha, la poussa et découvrit le lit vide.

Bon sang ! Il aurait dû s'en douter. Impossible de lui faire confiance.

À quoi jouait-elle ? Sortir de nuit, en pleine tempête de neige, c'était la mort assurée.

Et le bébé…

Ravalant un juron, il se hâta d'enfiler des vêtements chauds, prit un plaid en laine et courut au funiculaire. La cabine n'avait pas bougé. De toute façon, Olive n'aurait pas pu la mettre en marche. La clé du boîtier de commande était dans un tiroir de son bureau.

Cette idiote avait donc décidé de descendre à pied, toute seule !

Fou de rage, il se lança à sa recherche.

Elle n'avait sûrement que quelques minutes d'avance.

Il essaya de chercher ses traces dans l'épaisse couche de neige, mais la visibilité était quasi nulle.

Il descendit en ligne droite jusqu'à mi-pente sans la voir. Il s'arrêta alors, certain qu'elle n'avait pas pu aller aussi loin. Elle zigzaguait ou bien elle avait pris une mauvaise direction.

Elle se trouvait peut-être au même niveau que lui. Mais il avait du mal à imaginer qu'elle ait pu descendre aussi vite. Il connaissait chaque rocher de cette montagne. Pas elle.

Il tourna les talons et commença à remonter lentement en scrutant la pente à gauche, à droite. Au bout de quelques minutes, il se mit à l'appeler à tue-tête.

C'est alors qu'il l'aperçut. Couverte de neige, inerte, recroquevillée sous un surplomb rocheux.

— Nom d'un chien ! jura-t-il d'une voix étranglée.

Il s'avança vers elle, la secoua.

La tête d'Olive dodelina. Elle ouvrit brièvement les yeux, l'air hébétée.

— C'est vous le pilote ? marmonna-t-elle.

— Espèce d'idiote !

Elle ne l'entendit pas, elle avait déjà refermé les yeux, inconsciente.

Rapidement, il la prit dans ses bras et décida de se frayer un chemin dans la neige jusqu'à la source chaude. Elle était abritée du vent et toute proche, bien plus près que la maison. La priorité, c'était de réchauffer Olive. Et il fallait faire vite.

Arrivé à la source, il se déshabilla à la hâte. Puis il en fit autant avec Olive, avant de s'immerger avec elle dans l'eau fumante.

S'il ne parvenait pas à la réchauffer, sa vie était en danger. Ravalant une volée de jurons en voyant ses lèvres qui bleuissaient, il fit courir l'eau sur sa peau incroyablement blanche et fine, frictionna son corps dénudé, ignorant la tension dans son propre corps au contact des formes graciles, mais délicieusement féminines, sous ses mains.

Olive battit des cils, et le visage de Gunnar apparut, emplissant son champ de vision.

Paniquée par la sensation inattendue d'être immergée dans l'eau, elle se débattit brusquement entre ses bras.

Il la retint contre lui.

— Calme-toi.

— Où sommes-nous ?

— Dans la source chaude.

— Qu'est-ce que je fais là ? Tu es fou ! Il ne faut pas s'y baigner. L'eau est à plus de 40 °C.

— Ne t'inquiète pas, la température de celle-ci ne dépasse pas les 37 °C.

Reprenant ses esprits, Olive s'immobilisa et leva les yeux sur lui.

— Qu'est-ce… que s'est-il passé ?

— Je t'ai trouvée inconsciente à cinq cents mètres de la maison. Tu as failli y laisser ta peau. À quoi tu jouais ?

Il avait haussé le ton, signe qu'il était vraiment énervé au cas où elle n'aurait pas compris.

— Je voulais me sauver, répondit-elle d'une petite voix. Je pensais qu'il suffisait de descendre tout droit.

— Et tu es partie sur le côté. Bravo pour ton sens de l'orientation ! De toute façon, tu n'aurais pas pu arriver jusqu'en bas. Au lieu de te renseigner sur la température des sources d'eau locales, tu aurais mieux fait de te renseigner sur la météo. Si je ne t'avais pas retrouvée, tu serais morte à l'heure qu'il est.

Il la sentit trembler violemment entre ses bras et, l'espace d'une seconde, il s'en voulut de lui crier dessus. Mais c'était mérité.

— J'ai vraiment failli y passer ? murmura-t-elle au souvenir de cette étrange sensation quand le froid avait pris possession de son corps et de son cerveau.

— Oui. Arrête de croire que tu peux triompher de tout, même du blizzard arctique. À ce stade, ce n'est plus du courage, c'est de l'inconscience.

Olive leva vers Gunnar un regard contrit.

— Désolée. C'est seulement que j'ai été conditionnée ainsi, tu le sais bien. Ne jamais baisser les bras. Ne pas reculer devant l'obstacle.

— Le froid ici se fiche de ton niveau de combativité. C'est toujours lui qui a le dernier mot.

Olive se tut un instant, l'air hésitante, puis se mordit la lèvre inférieure.

— Il faut que je te dise… Il y a un pilote qui doit m'attendre en bas. Il devait venir me chercher.

— Tu es stupide ! Même s'il a dit qu'il viendrait, aucun pilote ne prendrait le risque d'atterrir ici de nuit, en pleine tempête de neige.

— Vraiment ?

— Oui. Tu n'as pas conscience des dangers de l'hiver dans ce pays. Chez nous, les enfants apprennent très tôt qu'ils doivent se méfier de la nature et des changements de temps.

Son grand-père lui avait appris à aimer le froid autant qu'à le craindre. Il lui avait appris à respecter la Terre et les créatures qui la peuplaient.

Olive jeta un regard inquiet autour d'elle.

— Comment va-t-on faire pour sortir de là sans mourir gelés ?

— Ce sera moins dur maintenant que tu es réchauffée. Et j'ai apporté une couverture.

— Tu savais que je n'arriverais pas jusqu'en bas ?

— Je n'ai pas pris le temps d'y réfléchir.

— Je pensais réussir.

— Encore heureux, grogna Gunnar. J'ose espérer que la perspective de m'épouser ne puisse pas te donner des idées suicidaires.

— Je voulais filer d'ici pour retrouver une marge de négociation et…

Elle se tut, comme si elle prenait tout à coup conscience du contact de leurs corps et de l'absence de vêtements entre eux.

Elle rougit et s'agita légèrement.

— Quelle marge de négociation ? demanda Gunnar en desserrant son étreinte.

— Je ne sais pas. Mais tant que tu me retiens ici, il est évident que c'est toi qui as les cartes en main. Je ne peux rien décider.

— Il n'est pas question que tu décides de quoi que ce soit, Olive. Je ne te laisse pas le choix, et tu ne peux t'en prendre qu'à toi-même.

— Alors là, je ne suis pas d'accord, protesta-t-elle,

retrouvant un peu de sa combativité. Je ne suis pas tombée enceinte toute seule.

— Je te l'accorde. Tu n'étais pas seule.

— En effet. Je me souviens très bien de… de ta contribution.

— Une façon délicate de formuler les choses.

Olive fit une grimace.

— Depuis le temps, tu sais bien que je suis tout sauf délicate.

Gunnar la regarda fixement, le visage grave.

Du bout des doigts, il repoussa une mèche brune de son front.

— Ne refais plus jamais un truc aussi stupide.

Elle avait l'air si jeune. Il se souvenait d'elle gamine. Il avait ensuite connu l'adolescente farouche. Il l'avait vue fragile à la mort de son père, aussi fragile qu'elle l'était en cet instant. Et il se demanda si quelqu'un d'autre que lui l'avait un jour tenue dans ses bras. Sans doute pas.

Mais pas question de s'apitoyer sur Olive Monroe. Elle avait fait ses choix de la même façon qu'il avait fait les siens quand il avait décidé de quitter ce pays et ceux qui l'avaient aimé, pour partir vivre avec son père. C'était une erreur qu'il avait payée très cher.

Olive aussi devait payer pour ses erreurs. Son père lui avait mis la pression, mais il n'était plus de ce monde. Ce n'était pas lui qui l'avait forcée à se comporter comme une vulgaire voleuse de logiciels. Tôt ou tard, chacun doit se prendre en main et assumer ce qu'il fait, qui il est.

— Rentrons à la maison. Et ne t'avise pas de recommencer, crut-il bon d'insister.

— Promis, je n'essayerai plus de me sauver quand il neige.

— Je ne plaisante pas, Olive.

— C'est bon, Gunnar. Je ne vais pas t'obéir au doigt et à l'œil. Je ne suis plus une gamine, je suis une femme.

Une femme qui a l'habitude de se battre. Je ne vais pas changer maintenant.

— La guerre est terminée, Olive. Dis-toi que tu l'as perdue.

— Elle sera terminée le jour où je serai morte.

Gunnar ne put retenir un éclat de rire face à l'absurdité de sa réaction. Depuis l'instant où il l'avait découverte recroquevillée derrière son bureau, en train de grignoter des crackers, elle continuait de se comporter comme si elle gardait le contrôle de la situation, incapable d'admettre qu'elle n'avait pas l'avantage et qu'elle n'était pas en position de discuter.

Il tendit le bras pour prendre la couverture qu'il étendit sur la neige. Puis il porta Olive hors de l'eau et la déposa sur la couverture. Elle s'en enveloppa rapidement, dissimulant son corps à sa vue. Ce qui était aussi bien pour sa libido, se dit-il.

Les pieds plantés dans la neige, il se sécha avec son T-shirt avant de se rhabiller. Alors qu'il aidait Olive à en faire autant sous l'abri de la couverture pour ne pas exposer son corps au froid, il s'aperçut qu'elle le regardait avec des yeux ronds.

— Quoi ?

— Je n'ai pas l'habitude de te voir… nu. Encore moins dans ce froid glacial.

— On finit par acquérir une certaine résistance aux températures polaires. Et j'aime bien le froid.

— Je préfère la chaleur.

— Une femme qui préfère la chaleur ne se sauve pas en pleine tempête de neige.

— Sauf si elle aime sa liberté et son entreprise par-dessous tout.

— Une femme qui aime sa liberté et son entreprise ne pratique pas l'espionnage industriel.

— Ce que tu peux être mauvais perdant !

— C'est moi qui ai perdu ou c'est toi qui as triché ?

— J'ai décroché le contrat. Peu importe les moyens.

— Il faut croire que nous n'avons pas les mêmes valeurs.

Sur ce, Gunnar leva les yeux sur la pente escarpée qui se dressait au-dessus d'eux.

— Grimpe sur mon dos.

— Quoi ?

— Je vais te porter.

— Non. Non, ça va. C'est inutile… Je vais bien.

— Tu as fini de discuter ?

— Bon, d'accord, râla-t-elle en grimpant sur son dos, les bras noués autour de son cou.

Gunnar saisit ses jambes et les maintint contre ses hanches. La douceur de son corps pressé contre le sien déclencha aussitôt une onde de désir dans ses reins.

Bon sang ! Elle l'avait trahi, lui avait menti, avait tenté de se sauver. Comment pouvait-il encore la désirer à ce point ?

— Tu prends des risques, marmonna-t-elle dans son cou. Je pourrais t'étrangler si je voulais.

— Et comment ferais-tu pour sortir vivante de ce milieu hostile ?

— Je reconnais que ce ne serait pas simple. Mais avec de la volonté, tout est possible. Mon père me l'a si souvent rabâché que j'ai du mal à raisonner différemment. Il disait toujours que ce qui empêche les gens de faire de grandes choses, c'est leur incapacité à surmonter les moments difficiles. Il faut se donner du mal pour réussir. C'est ce qui m'a poussée à prendre le risque de me sauver en pleine nuit, malgré le vent et la neige. Ce n'était qu'un mauvais moment à passer.

— Un mauvais moment qui aurait pu te coûter la vie.

— Je ne le vois pas ainsi. C'est pareil pour le reste… Les longues heures de travail, l'absence de relations sociales, la course à la victoire coûte que coûte, même au prix de l'espionnage industriel, c'est difficile, certes. Mais c'est secondaire par rapport à l'objectif à atteindre. Mon père m'a toujours dit que la fin justifiait les moyens. Et les sacrifices.

Sa voix vacilla sur ce mot, mais Olive continua.

— Le problème, c'est qu'il n'y a jamais de fin. Je n'ai toujours pas trouvé le point où je peux me dire : « Arrête, le but est atteint, tu t'es assez sacrifiée. » À chaque palier, tu te dis : « Ce n'était pas si difficile. Continue, va plus loin. Tu te reposeras plus tard. Tu te feras des amis plus tard. Tu auras un petit copain plus tard. » Et tu ne peux t'en prendre qu'à toi-même. À ce que tu es et à ce que tu attends de l'existence. À ce que tu crois mériter. Jusqu'à ce que… jusqu'à ce qu'il n'y ait plus que le travail dans ta vie et que tu ne sois plus qu'une sorte de robot.

Elle resserra l'étreinte de ses bras sur le cou de Gunnar.

— Je n'ai pas voulu devenir un robot. Je voulais seulement que mon père soit fier de moi. Je l'adorais et je voulais être celle qu'il souhaitait que je sois.

Gunnar adressa une grimace amère à l'obscurité. Lui aussi avait voulu plaire à son père.

— Je n'ai vraiment pensé à moi qu'une seule fois…, murmura Olive.

— Quand nous avons couché ensemble ?

Il sentit sur sa nuque son hochement de tête silencieux.

Cette nuit-là, lui aussi avait franchi les limites qu'il s'était imposées. D'ordinaire, ce qu'il désirait, il le prenait. Sauf Olive. Elle était intouchable. Pour tout un tas de raisons.

Mais il avait fini par enfreindre cette règle.

Et le ciel lui était tombé sur la tête.

Islandais dans l'âme, il s'efforçait de vivre en harmonie avec ses valeurs comme avec la nature. Aussi devait-il faire ce qu'il fallait à présent. Parce qu'il mettait un point d'honneur à être un homme de devoir, un homme droit. Tout le contraire de son père.

Olive, elle, avait l'air d'être en perpétuel conflit avec ce qu'elle voulait, celle qu'elle était et ce qu'elle faisait.

Pas lui.

Il était en accord avec lui-même.

Ils atteignirent enfin la maison.

— Va dans ta chambre. Tu as deux minutes pour te changer, dit Gunnar. Je t'attends.

Son ton la dissuada de discuter.

Elle réapparut deux minutes plus tard, couverte d'une double couche de lainages.

— Et maintenant, tu vas finir le reste de la nuit dans mon lit.

Olive qui s'était réchauffée et ressaisie lui tourna délibérément le dos.

— Pas question

Gunnar prit son coude et la fit pivoter vers lui avec fermeté.

— Après ta stupide tentative de fuite, tu comprendras que je veuille garder un œil sur toi. Apprends à assumer les conséquences de tes actes.

Sur ce, il la poussa dans sa chambre, dont il ferma la porte à double tour avant de s'éclipser dans la salle de bains pour enfiler un bas de pyjama – uniquement pour préserver la pudeur d'Olive puisqu'ils allaient partager le même lit. D'ordinaire, il ne s'embarrassait pas de telles considérations, mais il n'avait aucun intérêt à la terroriser.

Même si elle était elle-même une véritable terreur, plantée au milieu de sa chambre, dans une attitude de pure rébellion.

Ignorant son regard furieux, il l'enlaça par la taille, la souleva et l'emmena au lit avec lui.

— Pour une cellule de prison, reconnais que celle-ci est douillette et chaude.

— Mais ça reste une prison, marmonna-t-elle.

— Excuse-moi de ne pas compatir. Tu aurais dû réfléchir avant.

Ils restèrent étendus dans l'obscurité. Mais très vite, épuisée par sa sortie nocturne, Olive s'endormit. Ayant perdu ses défenses dans les bras de Morphée, elle vint se blottir contre le corps chaud allongé à côté d'elle. Elle était toute douce… Gunnar sentit son corps se mettre en alerte rouge. Il ferma les yeux et tenta de dépêcher les troupes pacificatrices de la raison vers sa libido.

Il aurait dû haïr cette femme qui semait la zizanie dans sa vie bien ordonnée.

Il n'avait pas prévu de se marier, et encore moins avec elle. Surtout pas après ce qu'elle avait osé faire.

Mais c'était plus fort que lui, il la désirait.

Il ne désirait qu'elle.

Et quand, au matin, un appel téléphonique lui confirma qu'il était bien le père de l'enfant qu'elle portait, il sut que leurs destins étaient désormais irrévocablement liés.

Il n'y aurait plus de retour en arrière possible.

12.

Olive avait dormi d'un un sommeil sans rêves. Quand elle ouvrit les yeux, la pâle lumière du soleil islandais jetait des ombres sur les murs autour d'elle.

Elle connut d'abord l'un de ces moments de perplexité et de léger effroi qu'on ressent quand on s'éveille dans un lit qui ne nous est pas familier et qu'on ne sait pas pendant quelques secondes où on est, ni pourquoi… Puis elle se rappela.

Elle était chez Gunnar. Dans sa chambre. Dans son lit. Parce qu'elle avait essayé de s'enfuir la nuit précédente. Elle avait failli mourir de froid, et il s'était immergé avec elle dans une source chaude. Tous les deux nus.

Lui revint aussi à l'esprit ce qu'elle lui avait dit… Qu'elle n'était qu'une sorte de robot.

L'aveu était consternant. Qu'est-ce qui lui avait pris ? Sans doute la faute à l'hypothermie. Forcément. Sinon, cela n'avait aucun sens.

Elle tourna lentement la tête sur l'oreiller. Et se souvint des bras de Gunnar l'enveloppant dans un cocon de chaleur. Mais il n'était plus là.

Elle rougit.

Au souvenir de son corps dur contre le sien dans l'eau, elle sentit ses joues s'empourprer encore un peu plus.

Elle s'extirpa du lit et s'aventura hors de la chambre. La maison était silencieuse. Elle descendit au salon.

Il était là, les bras croisés, vêtu d'un pull noir sur un pantalon noir. Une tenue étrangement semblable à celle qu'elle portait d'ordinaire. Celle qu'il s'était donné le droit de lui refuser.

Elle s'apprêtait à râler, mais la sévérité de son expression l'arrêta net.

— Qu'est-ce qu'il y a ?

— J'ai eu le résultat du test. Je suis le père.

— Ce n'est pas une surprise, Gunnar. Je le savais déjà. Et toi aussi.

Il resta silencieux.

Elle hésita.

— Tu m'as dit que tu n'avais pas d'amour à donner, et je ne comprends vraiment pas…

Elle s'éclaircit la voix.

— Pourquoi tu tiens tant à vivre avec moi et le bébé.

Gunnar l'enveloppa d'un regard bleu glacial, puis tourna légèrement la tête, fixant le néant.

— J'avais dix ans quand je suis allé vivre avec mon père.

— Ah ! Je croyais…

— Que j'avais toujours vécu avec lui ? Eh bien non ! Ce sont mes grands-parents maternels qui m'ont élevé pendant les dix premières années de ma vie. Mon père m'écrivait une ou deux lettres par an. Je voyais des photos de lui sur Internet. Il était riche et célèbre. Il était l'homme que je rêvais d'être. Je l'idolâtrais. Je ne souhaitais qu'une chose : le rencontrer et partir vivre avec lui. Le jour de mes dix ans, mon vœu s'est exaucé.

Gunnar esquissa un sourire désabusé.

— Je me souviens encore de mon enthousiasme. Il est arrivé en hélicoptère. Il était exactement comme sur les photos. Il m'a emmené chez lui, à Londres. Je n'avais jamais vu une grande ville. C'était fantastique. Mais j'ai vite déchanté. Il n'était pas l'homme que je rêvais d'être. Il amenait des femmes à la maison. Tout le temps. Plus ou moins vêtues. J'ai découvert plus tard qu'il était en relation avec un sale type impliqué dans le monde du proxénétisme. Je ne saurai jamais si ces femmes étaient là de leur plein gré ou non.

— C'est révoltant ! s'exclama Olive.

— Bien sûr, à l'époque, j'étais trop jeune et naïf pour comprendre ce que faisaient ces créatures qui déambulaient en petite tenue. Mais je voyais la façon dont mon père les traitait. Avec mépris. Un incroyable mépris.

Il prit une profonde inspiration.

— Il n'était pas cruel seulement avec elles, il l'était aussi avec moi. Je n'étais qu'un gamin, mais je n'avais pas le droit d'avoir des jouets, pas le droit de m'amuser, pas le droit d'avoir des amis.

Il s'arrêta là, s'épargnant le récit des coups et des humiliations au quotidien.

Olive fronça les sourcils au souvenir du cupcake que Gunnar lui avait chipé sous le nez le jour de son anniversaire. Elle avait trouvé cela méchant de sa part. Mais à présent, elle voyait les choses différemment vis-à-vis de ce garçon qui avait été privé de tout, même de bonbons sans doute.

— Quelle enfance épouvantable ! murmura-t-elle.

— Est-elle si différente de la tienne ?

— Oui. Mon père exigeait que je sois forte et performante, mais il m'a toujours traitée avec gentillesse.

— Tu as de la chance. Le mien estimait que la violence était le meilleur moyen d'endurcir son fils.

— Gunnar…

— Nous nous sommes définitivement brouillés quand j'avais dix-huit ans. Le soir où il a levé la main sur une de ses esclaves sexuelles, une fille guère plus âgée que moi. Ce soir-là, je l'ai tabassé. Et je ne regrette rien. J'ai appelé la police, mais la fille était si terrorisée qu'elle n'a pas osé porter plainte. Elle s'est sauvée. Le pouvoir de mon père était sans limites. J'ai vu tout le mal qu'il pouvait causer. Et je me suis juré de ne jamais être cet homme-là.

Olive avait la gorge serrée. De colère, de tristesse. Et de peur aussi. Pour leur enfant. Pour elle.

— C'est pour ça que tu tiens à assumer ton rôle de père ?

— Oui. Pour protéger cet enfant. Si nous nous occupons de lui ensemble, il y aura une sorte de garantie mutuelle. Tu ne me laisseras pas lui faire du mal, et je ne te laisserai pas non plus lui faire du mal.

— Mais c'est absurde ! s'étrangla Olive. Il existe certainement une meilleure solution. Pour lui. Pour nous.

— Inutile de discuter, Olive. Je ne te laisse pas le choix.

— C'est de l'abus de pouvoir.

— Appelle cela comme bon te semble, mais notre enfant grandira avec des parents vivant sous le même toit. Des parents mariés.

— Mais pourquoi ? insista Olive en levant les mains dans un geste d'exaspération. Toi et moi, nous n'avons pas eu de mère. Nous n'avons pas eu de famille. Je suis prête à abandonner Ambient. Je suis prête à renoncer à ma vie d'avant pour que cet enfant ne grandisse pas comme nous entre deux salles de réunion. Je ne veux pas faire de lui l'instrument de nos ambitions. Je veux que ce soit différent pour lui.

— Tant mieux, acquiesça Gunnar d'une voix neutre, sans émotion. Personne ne te force à rester à la tête d'Ambient. Mais nous nous occuperons de cet enfant ensemble. Point barre !

— C'est moi qui porte ce bébé ! J'ai le droit de savoir pourquoi je devrais me soumettre à ta volonté simplement parce que tu…

L'expression du visage de Gunnar l'arrêta net. Il y avait comme un vide sans fond dans son regard. Quelque chose d'inaccessible. Quelque chose de terrible. Quelque chose de plus que ce qui s'était passé avec son père, mais qu'il gardait pour lui.

— Que t'est-il arrivé, Gunnar ?

— Inutile d'en parler. Tout ce qu'il te faut savoir, c'est ce que j'attends de toi. Et j'attends de toi que tu m'épouses. Sinon, ce n'est pas seulement ton entreprise que je t'enlèverai.

— Gunnar…

— Que proposes-tu en dehors du mariage ? Une garde partagée ? Il resterait six mois avec toi, les six autres avec moi ? À moins que tu acceptes de me confier sa garde exclusive.

Son ton était cinglant.

Olive plongea dans ses yeux bleus.

— Je vais porter cet enfant, Gunnar. Je vais le sentir grandir en moi, bouger en moi. Ce que je ressens aujourd'hui n'a rien à voir avec ce que je ressentirai dans quelques mois, et déjà je… Quand je pense à lui…

Les mots lui manquaient pour exprimer ce qu'elle ressentait. Découvrir tant de sentiments nouveaux la déroutait. Ils étaient si divers et si chargés d'émotion que cet excès même la rendait vulnérable. Trop vulnérable. Elle avait l'impression que son monde se fissurait de toutes parts.

L'idée de perdre Ambient lui donnait l'impression de perdre ses racines, de partir à la dérive. Mais elle ne pouvait pas accepter l'idée de donner à son enfant la même existence que la sienne…

Elle n'avait pas eu une enfance heureuse, elle n'avait pas eu la vie facile. Elle avait essayé de s'en contenter, malgré le manque de réelle affection. Son père avait organisé une véritable course d'obstacles qu'elle franchissait de son mieux l'un après l'autre. Et à chaque succès, elle avait assimilé les éloges paternels à de l'amour. Mais c'était un amour conditionnel. Un amour qui exigeait des contreparties.

Elle avait vénéré la mémoire de son père jusqu'à ce qu'elle ne puisse faire autrement que de réfléchir au genre de vie qu'elle souhaitait offrir au petit être qui grandissait en elle. Et c'est là que son monde avait commencé à se fissurer.

Parce qu'elle ne volerait pas la vie de son enfant.

Elle avait vécu l'enfer ces derniers mois. Tout ce qu'elle avait enduré, ce à quoi elle s'était abaissée pour réaliser le rêve de son père, être digne de son héritage… ce n'était pas elle.

Mais qui était-elle réellement ?

Elle se mordit la lèvre.

— Ce que je t'ai dit, la nuit dernière, c'était sincère. Je ne sais pas qui je suis en dehors d'Ambient. L'entreprise a été mon unique univers, ma seule boussole. Je voulais que mon père soit fier de moi. Je voulais faire en sorte de ne pas être un boulet pour lui, qu'il n'ait pas à se plaindre de devoir m'emmener lors de ses voyages d'affaires…

— Il avait les moyens d'embaucher des nounous, l'interrompit Gunnar. C'était son choix de t'emmener. Pour te former à ce qu'il souhaitait que tu deviennes au lieu de te laisser vivre une enfance normale. Le jour de tes six ans, il aurait pu te laisser fêter ton anniversaire à la maison avec d'autres enfants. Il lui suffisait de changer la date de la réunion. C'était lui le patron de la boîte.

Olive serra les poings. Gunnar remuait le couteau dans la plaie, et même si c'était la vérité, cela faisait un mal fou.

— S'il avait repoussé la réunion pour cause d'anniversaire de sa fille, que crois-tu que ton père aurait fait ? riposta-t-elle.

— Il en aurait profité sans scrupule. Mais ce que je veux te dire, Olive, c'est que nous ne sommes pas responsables des choix de nos paternels. Nous ne leur devons rien. Tu n'as rien à te reprocher, ni à te faire pardonner.

Il avait raison. Rien n'obligeait son père à l'emmener avec lui aux quatre coins du globe. Elle se racontait cette histoire de veuf qui ne supportait pas d'être séparé de sa fille, mais la réalité était tout autre. Ils passaient très peu de temps ensemble. À ses côtés, elle avait appris qu'il n'y avait pas de vie personnelle, pas de vie affective. Seulement le travail et les affaires.

Aujourd'hui, elle était la seule femme P-DG d'une grande entreprise dans le domaine des nouvelles technologies. La plus jeune aussi.

Mais ce n'était pas son rêve. C'était celui de son père.

Le courage et la combativité n'étaient peut-être pas qu'une question de capacité à surmonter les difficultés. Le véritable courage, c'était d'oser parfois dire non. Un courage qu'elle n'avait pas eu.

Tout était clair à présent. Il lui fallait tracer son propre chemin. Celui qui lui permettrait d'être elle-même. De vivre sa vraie vie de femme. Et de mère aussi.

— Très bien. Je vais t'épouser, déclara-t-elle. À une condition.

— Laquelle ?

— Que tu investisses dans ma future start-up.

Gunnar haussa un sourcil, perplexe.

— Quel genre de start-up ?

— Je ne sais pas encore. Mais je veux que tu mises sur moi, sur mon projet. Ce sera après la naissance du bébé, bien sûr. D'ici là, j'aurai le temps d'y réfléchir et de comprendre qui je suis et ce que je veux réellement. Parce qu'aujourd'hui, je ne le sais pas. Je suis une sorte de vaisseau fantôme créé par mon père pour porter ses rêves, ses ambitions. Ses désirs. Mais c'est terminé. Je veux être moi-même.

— Ton discours est plutôt convaincant. Je veux bien investir.

— Et concernant notre vie de famille…

Olive déglutit avant de demander d'une voix hésitante :

— Qu'en est-il de l'amour ? Par pour moi, évidemment. Mais pour le bébé. Notre bébé.

— Je vous offre ma protection. Ce qui s'apparente pour beaucoup de personnes à de l'amour.

Elle le dévisagea, chercha une pointe d'émotion sous sa façade glaciale.

— Tu ne crois pas à l'amour, n'est-ce pas ?

— Si, j'y crois. J'ai vu beaucoup de gens s'aimer autour de moi. Simplement, je n'en suis plus capable.

— Tu me l'as déjà dit, mais je ne pense pas…

— Olive, je veux bien te laisser une certaine marge de manœuvre afin que tout se passe au mieux entre nous, mais ce n'est pas à toi de fixer les règles.

— Il ne s'agit pas d'une négociation d'affaires, Gunnar. Nous ne discutons pas des clauses d'un marché commercial, mais d'un enfant. De notre enfant.

— Au vu de notre expérience, c'est un peu la même chose, non ?

— Pas du tout. Notre expérience n'a rien à voir. On ne peut pas raisonner ainsi.

— Assez discuté, Olive. Notre enfant vivra avec sa mère et son père. C'est un bon début.

Il condamnait l'éducation qu'ils avaient reçue, il dénigrait leur enfance. Mais sans amour, la vie du petit être qu'elle portait serait-elle différente ?

Et sa vie à elle… serait-elle différente ?

Gunnar était froid et distant. Aussi glacial que les montagnes qui les entouraient.

Il faudra t'y faire. Tu vas devoir créer une bulle d'amour suffisamment grande pour toi et le bébé.

— Je vais préparer un communiqué de presse annonçant notre mariage, conclut Gunnar.

Olive réalisa soudain qu'ils allaient faire la une de la presse et des journaux télévisés. Les deux plus célèbres rivaux en affaires allaient se marier, avoir un bébé et fusionner leurs compagnies. Sous le nom de Magnum

Enterprises, bien entendu. Une victoire éclatante pour Gunnar Magnusson. C'est ainsi que tout le monde le verrait.

Tant pis. Le plus important à présent, c'était sa vie et celle de son enfant.

— Je suppose qu'à la seconde où nous remettrons les pieds dans le monde réel, nous serons sous le feu des projecteurs.

— Certainement. J'espère que tu es prête.

Elle leva les yeux vers lui, son principal adversaire et maintenant futur époux. Le père de son enfant.

— Si tu es prêt, je le suis aussi.

Il lui sourit. De son sourire de prédateur. Un sourire qui n'atteignait pas son regard bleu acier, réalisa-t-elle cette fois.

Il y avait forcément une raison à ce sourire dénué de chaleur. Parce qu'elle avait déjà entraperçu un autre homme. Un homme plus chaleureux. Un homme qui pouvait même être brûlant.

Mais Gunnar se donnait beaucoup de mal pour le dissimuler derrière une muraille de glace.

Et elle avait l'impression qu'elle n'aurait jamais le pouvoir de la faire fondre.

13.

— J'ai l'air d'une femme-trophée russe, bougonna Olive en s'installant dans l'avion.

Elle portait des bottes en cuir fauves à talons, un long manteau de cachemire blanc avec une toque assortie, bordée de fourrure argentée.

Gunnar la trouvait ravissante ainsi vêtue.

— C'est ce que tu seras la semaine prochaine. Ma femme-trophée.

— L'idée d'être ton trophée me reste en travers du gosier, répliqua-t-elle en mimant le geste de se trancher la gorge.

— Le butin revient au vainqueur.

— Pfft ! Au fait, tu as regardé ce qu'on dit de nous sur les réseaux sociaux ?

— Pas du tout. Je paye des conseillers en communication pour ça. Je ne perds pas mon temps à lire ces bavardages stupides sur Internet.

— Tu devrais. C'est très drôle parfois. Certains pensent que nous sommes l'incarnation du mal qui conspire pour prendre le monde en otage à travers la fusion de nos entreprises. D'autres disent que notre mariage est bidon. Mieux encore, que nous serions des extraterrestres.

— Je reconnais qu'il y a de quoi rire devant tant d'inepties.

— Ce n'est pas tout.

— Je viens de te dire que cela ne m'intéressait pas.

— Mais moi, si. Ce sont les joies du mariage, Gunnar.

Sur ce, sans se laisser impressionner par le regard sévère de son futur époux, Olive prit son téléphone et se redressa dans son siège en faisant défiler les sites.

— Romance du siècle dans le monde des affaires ! Ennemis et amants.

— D'où ça sort ?

— D'un réseau social. Quelqu'un a écrit un petit topo sur nous, répondit Olive avant de reprendre sa lecture. La P-DG d'Ambient gagne sur tous les tableaux. Il paraît que le glaive de son futur époux a la taille…

— Bon sang ! c'est quoi ces conneries ?

— Je crois que c'est une image pour ton…

— C'est bon, j'ai compris. Ce que je ne comprends pas, c'est pourquoi les gens s'occupent de ce genre de choses. Ils feraient mieux de vivre leur vie au lieu de causer de celle des autres.

— Les gens adorent discuter. Les réseaux sociaux leur permettent de tisser des liens entre eux. En fait, c'est exactement cette vision qui te manque, Gunnar. Tu développes de nouvelles technologies, mais tu ne t'intéresses qu'à leur aspect purement fonctionnel. Tu ne vois pas tous leurs à-côtés formidables.

— Je ne vois pas ce qu'il y a de formidable à parler du pénis de quelqu'un que l'on ne connaît pas.

Olive s'écroula en riant contre le dossier de son siège, sa toque de travers.

— D'accord. « Formidable » est un peu exagéré pour la circonstance. Je reconnais que ce n'est pas une façon très élégante d'utiliser Internet, mais ce n'est pas bien grave.

— Pas bien grave ? Ces gens parlent de nous comme s'ils nous connaissaient.

— Ils croient nous connaître. Mais cela n'a pas grand-chose à voir avec nos vies réelles, et ça n'a pas vraiment d'impact sur nous. Ce qui est formidable, c'est que les gens puissent créer du lien à partir d'un environnement technologique complexe et totalement impersonnel à la base. Je trouve ça génial.

— Sauf quand ils s'en servent pour détruire des vies. Pour traquer des personnes, ressortir des paroles prononcées des années plus tôt, et décider qui a le droit d'avoir un travail, des amis ou même… de vivre.

— Je te l'accorde, il y a une face sombre. Comme dans chacun de nous, quelle que soit la façon dont nous l'exprimons. Et ce depuis la nuit des temps. Aujourd'hui, on humilie publiquement sur Internet ; autrefois, on clouait au pilori. Les ordinateurs n'y ont rien changé. Je comprends que tu puisses trouver cela stupide, voire même nocif, mais c'est la nature humaine. On n'y peut rien.

Gunnar haussa les épaules.

— Je dois avouer que je ne m'intéresse guère à la psychologie humaine. Je crée des produits. S'ils sont utiles, les gens les achètent. Voilà tout. Cela dit, pour quelqu'un qui dit ne pas avoir d'amis ni de relations sociales en dehors du travail, tu t'intéresses de près à la façon dont les gens communiquent.

Olive se gratta le bout du nez.

— Je les observe. Je trouve les comportements humains passionnants. Pas toi ?

— À vrai dire, je m'en fiche.

— Tu ne devrais pas. C'est important quand on s'investit autant que toi dans l'écologie et les énergies renouvelables.

— Quel est le rapport ?

— Eh bien, par exemple, tu n'encourageras jamais les gens à basculer sur un système d'énergie verte si celui-ci n'est pas pratique, moins coûteux ou sensiblement plus efficace. Les gens ne pensent qu'à leur propre intérêt. Il faut les séduire. Et pour cela, il est indispensable de comprendre de quelle façon ils réagissent et pourquoi.

— C'est un point de vue intéressant, admit Gunnar.

Il avait tendance à penser en termes de bien ou de mal.

À ses yeux, changer les choses pour préserver la planète, c'était bien. Le côté pratique et financier était accessoire par rapport à cette seule et unique vérité.

De toute évidence, Olive voyait les choses différemment. L'aspect pratique et financier était tout aussi important que l'aspect moral.

Il repensa à la façon dont elle avait justifié l'espionnage industriel.

— Quand tu voles des informations sur mon logiciel, ça relève d'un côté pratique ?

— Je l'ai fait par amour pour mon père, répondit doucement Olive. Il n'y avait rien de plus important pour moi que d'accomplir son rêve. Même s'il n'était plus là pour le voir. Les émotions, ce n'est jamais blanc ou noir, Gunnar. On navigue entre ce qui est acceptable et ce qui ne l'est pas. Pour moi, l'acceptable c'était de décrocher ce contrat que mon père désirait tant. Maintenant… c'est différent.

Elle leva vers lui un regard soudain embué.

— Ces derniers jours, j'ai commencé à comprendre. Ou plutôt, j'ai accepté de regarder la réalité en face. Mon père aimait son entreprise plus qu'il m'aimait. Ce qu'il attendait de moi, c'était des résultats. Il n'était pas question pour lui d'éprouver un quelconque sentiment de fierté à mon égard. Avec le recul, je me dis qu'il se fichait que ce soit sa fille ou quelqu'un d'autre qui réalise son rêve. Simplement, c'était plus commode pour lui si c'était moi.

Elle baissa la tête.

— J'ai triché par loyauté, parce que je me sentais redevable. Parce que je voulais être digne de lui, être à la hauteur de ses attentes, le rendre fier de moi. Et je m'aperçois aujourd'hui que c'était une cause perdue d'avance. Ce besoin de réussir à tout prix pour plaire à son père, c'est un tel poids, une telle pression…

Elle marqua une pause, le regard toujours rivé au sol.

— Je ne peux imaginer infliger cela à un enfant.

Gunnar attendit qu'elle relève les yeux vers lui.

— Personnellement, je n'avais aucun respect pour mon père, aucun désir de lui plaire. Je ne sais pas pourquoi il était si cruel et je ne le saurai sans doute jamais. En revanche, je sais pourquoi j'ai voulu prendre la direction de Magnum Enterprises à sa mort au lieu de tirer un trait sur tout ce qui me liait à lui.

— Par vengeance ?

— Si j'avais voulu me venger, je l'aurais fait de son vivant. Non, je l'ai fait pour prouver que je suis meilleur que lui. Pour prouver qu'il avait tort. Pour prouver qu'il ne valait rien. J'ai cependant réalisé son vœu. Il voulait faire de moi un fils impitoyable. Il a eu ce qu'il voulait. Mais il avait oublié un détail. L'épée se retourne parfois contre celui qui l'aiguise.

— Des paroles dignes d'un Viking, ne put s'empêcher de commenter Olive.

— On dirait que tu es obsédée par ce peuple.

Elle sentit ses joues s'enflammer.

— Oh ! c'est simplement que… J'aime bien les romans d'amour qui se déroulent à cette époque.

— C'était pourtant un peuple de pillards qui enlevaient des femmes et les retenaient prisonnières. Difficile d'imaginer une histoire d'amour dans ce contexte, non ?

Gunnar haussa un sourcil et regarda Olive attentivement. Sa réponse lui semblait soudain importante.

Elle soutint son regard.

— Tu as raison. Je ne vois pas comment l'histoire d'une femme entraînée de force dans une vie dont elle ne veut pas et sur laquelle elle ne dispose d'aucun contrôle pourrait me plaire.

Gunnar resta silencieux, parce qu'il n'y avait rien à dire.

Quel que soit l'angle sous lequel Olive voyait les choses, il ne la laisserait pas partir. Il l'épouserait la semaine suivante.

Elle pourrait continuer à vivre dans son univers de fiction sentimentale.

Il ne changerait pas d'avis. Il était d'accord pour lâcher du lest jusqu'à un certain point. Pas plus.

Il l'enveloppa du regard. Et le désir l'assaillit de nouveau, plus féroce que jamais.

Une seule fois n'avait pas suffi.

Mais bientôt, elle serait son épouse. Elle serait entièrement à lui.

À cet instant, c'était le sang de ses ancêtres qui coulait dans ses veines. Il était le barbare venu du froid impatient de posséder sa conquête.

Il y avait cependant chez celle-ci l'expression butée de sa jolie mâchoire et la lueur de rébellion dans son regard.

Non. Olive ne serait pas une conquête facile.

Ce serait une bataille de chaque jour.

Un frisson d'excitation le parcourut à cette pensée.

14.

Quand ils atterrirent à New York, les rumeurs allaient déjà bon train dans les médias et sur les réseaux sociaux à propos de leur liaison, de leur mariage et des personnalités présentes sur la liste des invités.

Olive était impatiente de regagner son appartement, mais Gunnar en avait décidé autrement. Si bien qu'elle se retrouva assise à l'arrière d'une limousine, sur une route sinueuse conduisant elle ne savait où. Jusqu'à ce qu'apparaisse dans son champ de vision une magnifique maison contemporaine, entourée d'une pelouse vert vif.

— Je croyais que tu n'avais qu'un seul pied-à-terre à New York, ton appartement donnant sur Central Park. Cette maison est à toi ?

— Je viens de l'acheter.

— Tu viens de l'acheter ? répéta Olive en ouvrant de grands yeux.

— Oui. C'est ici que nous allons vivre. Je trouve que le centre-ville de New York n'est pas le lieu le plus indiqué pour s'occuper d'un bébé.

— Comme si tu savais quoi faire avec un bébé, ne put s'empêcher de commenter Olive en levant les yeux au ciel.

— Je n'ai pas dit que je savais tout. Mais je suis certain que cet endroit est plus adapté pour élever un enfant.

— Comparé à ton nid d'aigle islandais à flanc de

montagne, c'est sûrement moins dangereux. Tu imagines les risques pour un enfant là-bas ?

— N'importe quoi ! En Islande, on apprend simplement aux enfants qu'il ne faut pas…

Olive lui coupa la parole.

— Aux États-Unis, on leur met une laisse. Mais peu importe. Tu aurais tout de même pu me consulter avant d'acheter la maison où nous allons vivre.

— Pourquoi ? Il va falloir que tu t'habitues à la façon dont notre couple va fonctionner.

— Ah ? Parce que c'est toi qui diriges ?

Elle le dévisagea.

Elle n'était pas vraiment en colère. Elle était plutôt déroutée par tout ce qu'elle avait appris sur Gunnar, pendant les quelques jours précédents. Le regard qu'il portait sur les sentiments. La façon dont il parlait de son père. La haine qu'il lui vouait. Il y avait aussi cette blessure plus profonde dont il refusait de parler.

Que lui était-il arrivé ?

Elle croyait le connaître, mais en réalité elle ne savait rien de sa vie.

Elle accrocha son regard.

— Tu as besoin de montrer que c'est toi le chef ? Pour asseoir ta victoire ? Pour prouver que tu es meilleur que moi ?

— Pas du tout. Je me suis toujours réjoui quand tu gagnais parce que ton produit était meilleur que le mien. Mais si nous voulons vivre en harmonie sous le même toit, certaines mises au point s'imposent. Il faut que les règles soient claires. N'est-ce pas la clé de la réussite dans toute entreprise ?

— Une famille n'est pas une entreprise, Gunnar. On ne la gère pas de la même façon qu'on gère les affaires.

La voiture s'arrêta devant le perron. Gunnar sortit du véhicule et vint du côté d'Olive pour ouvrir sa portière.

Elle leva les yeux vers la maison, véritable merveille d'architecture contemporaine, assez semblable à la demeure islandaise de Gunnar, si ce n'est qu'elle s'intégrait dans un paysage radicalement différent.

Elle ouvrit la porte d'entrée et fit lentement le tour du hall éclairé par un impressionnant lustre en verre soufflé.

— Waouh ! C'est magnifique.

— Content que ça te plaise.

— Je suppose qu'il faut bien que je trouve quelque chose à mon goût.

Elle regarda son futur époux s'avancer vers elle et s'attarda sur son beau visage de marbre en se demandant ce qu'il ressentait pour elle. S'il la désirait *vraiment*. Ou si leur mariage allait être son châtiment à vie.

Parce que de son côté, malgré les duels et les disputes, jamais son désir pour Gunnar n'avait faibli. Dans la source chaude, alors même qu'elle était encore sous le choc de l'hypothermie, elle avait eu envie de lui. L'envie impérieuse de le sentir en elle… Elle rougissait à ce seul souvenir. Et le voir à côté d'elle dans cette maison n'arrangeait rien. Cette vie à deux sous le même toit promettait d'être un véritable supplice.

Elle se détourna.

— Ta chambre est à l'étage, au bout du couloir, dit Gunnar en désignant l'escalier.

— Nous allons faire chambres à part ?

Il la regarda, un léger sourire au coin des lèvres.

— Bien sûr. Je ne voudrais pas empiéter sur ton espace personnel.

Peut-être était-ce la réponse à ses interrogations. Il ne la désirait pas vraiment. Et elle, de quoi avait-elle envie au juste ? De lui, mais…

Il était si compliqué. Et c'était pire encore quand s'y mêlaient des sentiments.

— On ne t'a jamais dit que tu étais exaspérant ?

— Une ou deux fois.

Olive poussa un soupir agacé.

— Bon. C'est quoi le but, Gunnar ? Que nous nous croisions occasionnellement au détour d'un couloir, dans cette gigantesque demeure ? Je ne comprends pas ce que tu as derrière la tête. On dirait que tu cherches à faire de moi une autre femme. Cette tenue, par exemple… Tu sais très bien que ce n'est pas mon style. Tu l'as choisie intentionnellement pour me déstabiliser ? Le problème, c'est que tu me connais mieux que personne. Tandis que moi, je croyais te connaître, mais je m'aperçois que je ne sais pas qui tu es. Et je me demande si je réussirai un jour à te comprendre rien qu'un peu.

Elle vit son regard étinceler. Et brusquement, il la plaqua contre le mur.

Il était de retour. Son Viking.

Olive sentit son cœur s'emballer, ses mamelons durcir. Une pulsation douloureuse et lancinante naquit entre ses jambes.

— Tu ne veux pas que nous fassions chambres à part ? demanda doucement Gunnar. Je pensais que tu préférerais. Que cela rendrait les choses plus faciles entre nous.

— Rien ne pourra les rendre plus faciles. Mais s'il y a au moins ça…

Olive posa les mains sur son torse.

— Bien sûr, ce n'est que du sexe, murmura-t-elle.

Pas seulement…

S'il ne s'était agi que de sexe, son désir aurait disparu depuis longtemps. Ou se serait atténué. Or, c'était tout l'inverse. Il se ravivait, plus violent que jamais, menaçant de détruire tout le reste. Menaçant de détruire ce qu'ils étaient. Menaçant de la réduire en cendres.

Elle voulait franchir ce fossé entre eux. Faire en sorte que Gunnar soit aussi fou de désir pour elle qu'elle l'était pour lui.

Elle voulait percer ses défenses. Mais Gunnar était le roi du self-control. Dans son esprit, tout n'était que logique. Si le bébé était de lui, alors il devait l'épouser. Sinon, il l'envoyait derrière les barreaux. Il n'était pas question de sentiments, ni pour elle ni pour le bébé. Peu importe qu'il y ait cette étincelle entre eux. Rien ne semblait le toucher, alors qu'elle… Elle était complètement retournée. Prête à renoncer à la vie qu'elle menait. À son entreprise. Prête à remettre en question sa relation avec son père. Sa relation avec elle-même. Sa relation avec tout ce qui avait fait son existence jusqu'à présent.

Mais à cet instant, ils étaient sur un pied d'égalité. Il avait envie d'elle autant qu'elle avait envie de lui. Elle le devinait dans ses pupilles dilatées, dans l'imperceptible crispation de sa mâchoire, même s'il restait là calmement, sans un geste. Tel un prédateur à l'affût.

Elle attendait elle aussi. Elle attendait qu'il craque. Qu'il perde un peu de son maudit contrôle. Il le fallait. Pour ne pas lui laisser tout le pouvoir. Même si son corps exigeait qu'il la prenne. Qu'il la fasse sienne. Même si elle mourrait d'envie de l'envelopper de chaleur pour faire fondre la glace en lui.

Cette fois, ce fut lui qui céda. Ce fut lui qui inclina la tête pour s'emparer de ses lèvres.

Elle ferma les yeux. Peu importait les vœux de mariage qu'ils prononceraient quelques jours plus tard, devant le monde entier. Seul comptait le moment présent. Le reste n'était qu'une comédie. Une régularisation administrative pour leur enfant. Mais ce moment… C'était à eux. Seulement à eux.

Gunnar prit son visage entre ses mains, glissa les doigts dans ses cheveux, repoussant sa toque qui tomba au sol. Puis il l'embrassa longuement, dans un équilibre parfait de tension et de passion. Sa langue cherchait la sienne, la goûtait, la caressait, tandis que ses mains glissaient sur son corps avec une lenteur délibérée.

Elle adorait le contact de ses doigts, de ses lèvres, de sa peau. Elle aimait tout de lui. Il la fascinait, il l'ensorcelait, il la séduisait. Il était la source de tous ses fantasmes. Elle ne voyait que lui. Il la rendait aveugle à tout ce qui n'était pas lui. Elle brûlait de désir pour cet homme. Mais pas seulement…

Quel que soit l'homme qui se cachait derrière le rempart de glace, elle l'aimait. C'était peut-être cela le véritable amour. Quel que soit ce qu'il voudrait bien lui dévoiler de lui, elle était prête à l'accepter.

Il était sa lumière. Son âme sœur. Il était l'homme capable de lui tenir tête. Elle admirait son intelligence, sa vitalité. Et son côté énigmatique le rendait encore plus fascinant. Il était à la fois célèbre et mystérieux. Il était à la fois semblable et si différent d'elle. Mentalement et physiquement… Elle, si menue. Lui, si grand, si fort.

Et tandis qu'il l'embrassait, elle entreprit de déboutonner sa chemise, la fit glisser sur ses épaules, savourant la chaleur de sa peau sous ses doigts, le dessin de ses muscles d'airain, le duvet blond sur son torse – un triangle dont la pointe se perdait plus bas, sous sa ceinture.

Elle ne put retenir un gémissement sous la violence du désir qui la consumait.

Gunnar saisit son menton d'une main et ses cheveux de l'autre, l'obligeant à renverser la tête en arrière pour l'embrasser encore plus profondément. Puis il la souleva dans ses bras, traversa le hall jusqu'au salon et la déposa sur un vaste canapé circulaire.

Méthodiquement, il la déshabilla, suivant le chemin de ses mains avec ses lèvres, mordillant, léchant, excitant, torturant.

Il la retourna sur le ventre. Elle entendit sa ceinture tomber sur le sol et le sentit changer de position pour se placer entre ses jambes, la clouant sous lui, sans défense. Et lentement, il la pénétra, la remplissant tout entière.

Olive gémit, submergée par une vague de plaisir d'une intensité presque douloureuse. Elle ferma les yeux, tentant de maîtriser sa respiration et les sensations incroyables que provoquait cette position.

Elle adorait ça. Elle adorait la façon dont il la possédait. Dont il la bouleversait, la métamorphosant en une tout autre femme. Une femme qui avait accepté de l'épouser. Une femme qui avait décidé de changer de vie, de ne plus vivre au service d'un père mort. Une femme ardente, fougueuse. Une femme qui aimait passionnément.

Agrippant ses hanches, Gunnar se retira, puis s'enfonça, encore et encore, accélérant le rythme, ses coups de reins de plus en plus violents.

Elle gémit son prénom.

— Tu es à moi, murmura-t-il dans son cou.

Elle eut soudain envie de pleurer.

Il était l'homme de sa vie depuis toujours – et pour toujours. Leur histoire était écrite depuis le début, mais il ne l'aimait pas. Il ne pouvait pas.

— Gunnar ! cria-t-elle tandis que son corps tremblait autour de lui.

Il pressa fortement ses hanches. Il ne se contrôlait plus, et cette fureur la comblait. Il la possédait avec passion, avec fièvre, la mettant à nu, détruisant tout ce qui avait existé avant. Et quand il explosa en elle, il lui sembla que le séisme dans son ventre la faisait voler en éclats, désintégrant sa chair et son esprit pour fusionner avec lui dans la jouissance.

Un instant après, le souffle court, il la relâcha et se redressa.

— C'est bien qu'il y ait cette entente sexuelle entre nous, dit-il d'un ton neutre, dénué d'émotion.

Olive se tourna vers lui, le cœur serré. Pour elle, c'était plus qu'une entente sexuelle.

— Il n'est peut-être pas nécessaire de faire chambre à part, dit-elle d'une voix hésitante.

— Il vaut mieux que tu aies ton propre espace.

C'était on ne peut plus clair. Il préférait la tenir à l'écart. Loin de lui en dehors de leurs brefs intermèdes sexuels. Et elle n'avait d'autre choix que d'accepter.

Olive sentit les larmes remplir ses yeux. Vite, elle détourna la tête pour qu'il ne puisse pas les voir.

— Tes affaires y sont déjà, dit-il en ramassant sa ceinture.

— Décidément, tu es d'une efficacité redoutable.

— Autant faire les choses efficacement.

— Même baiser ta fiancée.

Il haussa un sourcil.

— Tu as une objection ?

— Pas du tout. C'était fantastique.

— Mais ?

— Rien.

Elle ne lui parlerait pas de son manque de tendresse. Elle ne lui parlerait pas du bouleversement qu'elle venait de vivre alors que lui ne semblait absolument pas touché.

Elle ne lui dirait pas qu'elle l'aimait. À quoi bon, s'il n'éprouvait rien pour elle ? Cela ne servirait qu'à le braquer et à l'éloigner encore davantage.

— Bon, je vais aller dans ma chambre, alors.

— Oui. Tu dois être fatiguée.

Le cœur lourd, elle monta à l'étage. Mais quand elle ouvrit la porte au bout du couloir, elle ne put retenir un petit cri de surprise.

La décoration, le mobilier, c'était… *elle*. Un décorateur était passé par là, bien sûr. Il avait fait vite, mais Gunnar avait dû lui demander de s'inspirer de son appartement pour qu'elle se sente chez elle.

Et Olive se surprit malgré tout à espérer.

Après une nuit de sommeil agité, elle décida de visiter les lieux. La demeure était immense. Une demeure faite pour accueillir une famille nombreuse, songea-t-elle, la bouche soudain sèche.

Oui, elle allait fonder une famille avec Gunnar.

Oui, elle pourrait jouir de sa présence, jouir de son corps. Mais cela n'irait pas plus loin… pour le moment.

Elle se mit à ouvrir les portes l'une après l'autre, pour jeter un coup d'œil à l'intérieur des pièces. Il n'y avait rien de spécial. Jusqu'à ce qu'elle ouvre une porte peinte en bleu pastel.

C'était une pièce semblable à celle qu'elle avait vue en Islande, avec un berceau en plus. Il y avait des jouets et des peluches un peu partout. Un tapis aux couleurs vives dessinait un ovale sur le sol.

— Gunnar ?

Elle l'entendait monter à l'étage.

— C'est toi qui as fait aménager cette pièce ?

Il s'immobilisa en haut de l'escalier et acquiesça d'un hochement de tête.

— C'est la même qu'en Islande, dit-elle la gorge soudain serrée par l'émotion. Alors, là-bas aussi, c'était une chambre d'enfant… Et ta collection… C'est à cause de ton père ? Parce qu'il t'avait enlevé tes jouets ?

— Olive…

— C'est ça. Tu as remplacé les jouets dont il t'avait privé.

Gunnar demeura silencieux. Et son silence était plus éloquent que les mots.

Franchissant les quelques pas qui les séparaient, elle caressa sa joue.

— Tu seras un père formidable.

Il détourna la tête.

— Tu n'en sais rien.

— Si. Tu es quelqu'un de bien, Gunnar.

— Tout être humain peut être perverti.

— Dois-je le prendre pour moi ?

— Je sais à quoi tu penses, mais non. Il s'agit de moi. Et de ce que je connais des hommes. Des hommes comme mon père.

— Tu ne lui ressembles pas. Je ne t'ai jamais vu faire preuve de violence. Même le jour où tu as fait irruption dans mon bureau. Ce jour-là, tu étais fou de rage contre moi, mais tu t'es d'abord soucié de ma santé et tu m'as emmenée chez un médecin.

— Je l'ai fait par pragmatisme. Pas par indulgence. Je ne fais jamais de sentiment.

Mais il avait acheté tous ces jouets pour le bébé à venir. Comme si c'était sa façon à lui de manifester de l'affection.

De nouveau, une discrète promesse d'espoir s'épanouit dans le cœur d'Olive. Gunnar disait ne pas pouvoir aimer, mais cette chambre d'enfant n'était-elle pas la matérialisation de cet amour paternel qui lui avait été refusé ?

— Nous sommes différents de nos pères, Gunnar. Notre enfant fêtera son anniversaire ici. Dans le jardin, avec ses copains. Il y aura des poneys et des cupcakes au chocolat.

Elle perdit soudain le contact avec son regard bleu.

— Peut-être, marmonna-t-il.

Olive sentait qu'il portait quelque chose de lourd en lui. Quelque chose de douloureux.

— J'ai besoin de savoir, Gunnar… Que s'est-il réellement passé avec ton père ?

Il haussa les épaules.

— Il avait décidé de m'endurcir. Mais je crois qu'il avait surtout une réelle aversion pour les enfants. Entre dix et quatorze ans, je restais des jours entiers dans ma chambre sans autorisation d'en sortir. Ensuite, il a commencé à m'emmener avec lui pour me formater comme il l'entendait. Si je n'obéissais pas, j'en subissais les conséquences.

— Il te frappait ? demanda Olive avec l'impression d'une déchirure dans la poitrine.

— Oui. Il y avait sa violence physique, mais aussi verbale.

Il y eut un long silence.

— Gunnar, regarde cette chambre. C'est une autre vie que tu veux offrir à notre enfant. C'est tout ce qui compte.

Le visage de Gunnar se ferma.

— Le passé a fait de moi l'homme que je suis aujourd'hui. Ce ne sont pas les bonnes intentions et une pièce pleine de jouets qui y changeront quoi que ce soit.

Olive serra les poings.

— Le passé n'a pas d'importance. Il ne doit pas gouverner nos vies.

— Au contraire. Il faut savoir en tirer les leçons.

Sur ce, Gunnar lui tourna le dos et s'éclipsa. Le sujet était clos.

Olive resta un long moment à regarder la chambre d'enfant, perdue dans ses réflexions.

Comment cet homme pouvait-il être aussi exaspérant, aussi dur, et en même temps si merveilleux ? Et pourquoi s'évertuait-il à nier la force du lien qui les unissait ?

Elle ne pouvait s'empêcher d'espérer. Même s'il était impossible d'ignorer son comportement froid et distant. Et le fait qu'il ait clairement dit qu'il ne l'aimerait jamais.

Elle n'avait jamais été vraiment aimée. Son père avait eu de l'affection pour elle – mais sous condition. Ce n'était pas de l'amour. C'était différent de ce qu'elle voulait donner à son enfant.

Elle ferma les yeux.

Elle s'en sortirait. Elle ne céderait pas au désespoir.

Il y avait cette chambre qui témoignait du père que Gunnar voulait être.

Et la nuit, quand elle s'endormirait seule dans son lit, elle se souviendrait de la façon dont il l'avait réchauffée et tenue contre lui dans la montagne…

15.

La préparation du mariage fut une période d'intense activité, mais s'il y avait bien un domaine dans lequel ils excellaient tous les deux, c'était la planification et l'exécution d'un projet.

Gunnar découvrit qu'il appréciait le travail en binôme avec Olive. Ils s'étaient affrontés pendant tant d'années qu'il n'aurait pas imaginé une seconde qu'ils puissent associer leurs talents.

Olive était une bûcheuse, particulièrement douée pour la communication et la mise en scène. Lui était doué en matière de fonctionnement et de répartition des tâches.

Cette complémentarité entre eux était une révélation. Il faut dire qu'il n'avait jamais vraiment cherché à comprendre Olive et sa singularité. Sa façon de s'habiller, la façon dont elle se comportait ou dont elle voyait les choses. Mais il réalisait à présent que c'était une part essentielle de sa réussite.

Il l'avait observée tandis qu'elle faisait le tour de la salle de réception avec son désormais rituel paquet de crackers dans les mains, suggérant ici et là de subtils changements dans l'éclairage et l'ornementation florale qui transformaient un décor charmant en un décor féerique.

Vive et intelligente, elle étincelait telle une étoile dont il avait bien du mal à détourner les yeux.

Cela dit, ils ne s'étaient plus vus en tête à tête depuis

leur arrivée dans leur nouvelle maison. Et c'était tant mieux. Leur bref mais torride intermède sur le canapé l'avait sérieusement ébranlé. Même si sa vie sexuelle avait toujours été bien remplie, il n'avait pas l'habitude d'être sous l'emprise de sa libido. Mais quand, plantée au milieu du hall d'entrée, Olive avait levé les yeux vers lui, il n'avait pas pu résister. Il l'avait embrassée parce qu'il n'avait pas le choix. Parce qu'elle éveillait en lui une faim qu'aucune autre femme ne pouvait apaiser. Et un sentiment de possessivité féroce jamais éprouvé auparavant.

Qu'avait-elle donc de si spécial ? Il avait fréquenté un nombre incalculable de très belles femmes, mais aucune ne le fascinait comme Olive. Pour être honnête, elle le captivait depuis toujours. Peut-être parce qu'il s'était interdit de la toucher et qu'il est dans la nature humaine d'être attiré par l'interdit. Oui, c'était probablement ce qui la rendait si attirante.

Mais pas seulement…

Il y avait ce quelque chose qu'il ne savait nommer. Ce quelque chose qui le ramenait à la minuscule maison de son enfance, perdue au milieu de nulle part sur les hauts plateaux islandais. À l'odeur du feu dans le poêle à bois. À une vie toute simple qui l'avait enveloppé d'une chaleur qu'il n'avait plus jamais ressentie. Depuis qu'il avait quitté cette maison, le froid s'était installé en lui. Un froid glacial. Sauf quand il brûlait de désir pour Olive.

Gunnar n'avait pas de garçon d'honneur près de lui pour son mariage. Olive non plus n'avait pas de demoiselle d'honneur. Ils n'avaient personne pour remplir ce rôle. Ils auraient pu se fabriquer des amis pour la galerie, mais avaient tous deux jugé cela inutile. La cérémonie était déjà un spectacle en soi.

Elle se déroulait dans les jardins d'un immense domaine

réservé pour l'occasion. Olive avait en effet souhaité un mariage traditionnel en plein air, et Gunnar lui avait laissé carte blanche, faisant confiance à son sens inné de la communication.

Les invités étaient tous installées à présent pour assister à l'union de deux des plus grands noms des nouvelles technologies. Gunnar balaya l'assistance du regard.

La mise en scène était impeccable.

Mais alors qu'il attendait sa future épouse devant l'autel, le monde autour de lui s'estompa, et son esprit s'évada.

Ses parents n'avaient jamais été mariés. C'était une des raisons pour lesquelles il tenait tant à épouser Olive.

Il n'avait pas connu sa mère. Seulement ses grands-parents maternels. Des gens simples et chaleureux. La seule famille qu'il ait jamais eue. Leur perte avait gelé quelque chose en lui, le paralysant, l'empêchant de retrouver son chemin vers ces moments de douceur et de joie. Lui interdisant de retrouver le chemin de son cœur.

L'irruption d'Olive dans son champ de vision le sortit des méandres douloureux de ses pensées, et il retint de justesse un éclat de rire en la voyant traverser la pelouse entre les rangées de chaises.

Elle n'était pas vêtue de noir, mais d'une robe blanche à manches longues avec un col *très* montant. Une robe élégante et parfaite, à son image, mais dont le bustier rappelait indiscutablement son goût pour ses fameux cols roulés noirs.

Il la reconnaissait bien là, avec cette référence que lui seul pouvait saisir. Naturellement, elle avait œuvré en douce, dans son dos, en prétextant que ça portait malheur que le marié voie la robe avant la cérémonie.

Elle tenait un bouquet de fleurs aux couleurs de l'automne. Ses longs cheveux bruns ramenés sur un côté cascadaient sur son épaule.

Gunnar la regarda approcher.

Elle était d'une beauté renversante. D'une beauté à réveiller le barbare en lui. Il mourrait d'envie de l'enlever sur-le-champ pour lui faire l'amour, au lieu de rester planté là, sous les regards curieux des invités.

Arrivée devant l'autel, en l'absence de demoiselle d'honneur à qui tendre les fleurs, Olive se tourna vers l'assistance et lança joyeusement son bouquet. Une starlette au troisième rang l'attrapa en riant, surexcitée et ravie.

Olive était assurément très douée pour le spectacle. Elle savait capter l'attention. Elle avait toujours su le faire. Dès ses premiers pas à la tête d'Ambient, ses exposés techniques avaient relevé du grand art, alimentant chaque fois un peu plus sa popularité.

Lui n'était pas du genre à sociabiliser. Il n'avait même jamais assisté à un mariage. Si bien que les vœux qu'il était en train de prononcer lui semblaient étranges. Comment pouvait-on faire de telles promesses et espérer les tenir ?

Décidément, même à l'âge adulte les gens restaient d'un optimisme surprenant. Il avait perdu le sien à dix ans. Il l'avait échangé, vendu pour trois fois rien. Le prix de sa trahison.

C'était au tour d'Olive à présent de prononcer ses vœux d'une voix haute et claire, vibrante de sincérité.

L'entendre s'engager ainsi à lui être fidèle et à l'aimer le troublait malgré lui. D'un autre côté, il avait prononcé ces mêmes vœux, alors qu'il n'y croyait pas.

Enfin, pas vraiment.

Vint alors le moment du baiser, et ce fut un soulagement. L'attirance physique entre eux était quelque chose de concret. Quelque chose qu'il connaissait et qu'il comprenait.

Mais quand Olive posa la bouche sur la sienne, ce fut comme s'il n'avait jamais été embrassé de sa vie. Comme si au contact de ses lèvres, à chaque caresse de sa langue, les mots qu'elle venait de prononcer pénétraient ses cellules et ses nerfs, lézardant ses défenses, le touchant jusqu'au tréfonds de son être. Lui, Gunnar Magnusson, que jamais rien n'ébranlait.

Les applaudissements éclatèrent.

S'arrachant à ses lèvres, Olive leva un bras en l'air en riant sous le crépitement des appareils photo, donnant au monde entier l'image d'une mariée rayonnante de bonheur.

Il y eut ensuite le passage obligé auprès des journalistes. Ce n'était pas la tasse de thé de Gunnar, mais son épouse était une véritable machine à relations publiques, alors que lui ne pensait qu'à une chose… se retrouver seul avec elle.

Et tandis qu'ils circulaient parmi les invités, souriant à ceux qui s'étonnaient de ce changement radical dans leur relation, son désir s'intensifiait, le consumant lentement mais sûrement, avivant les braises de l'incendie à venir.

Il avait une surprise pour Olive.

Ils retourneraient dès ce soir-là en Islande. Ils passeraient la semaine seuls, au lit. Il avait prévu des repas tout prêts et très peu de vêtements. Il assouvirait ainsi cette faim insensée qu'il avait d'elle, et tout rentrerait enfin dans l'ordre.

Ce mariage ne signifiait rien pour lui. Olive non plus. Il était normal d'éprouver une certaine fascination à son égard. Voire même de l'affection. C'était les sentiments qu'elle suscitait chez tous ceux qui l'approchaient. Il suffisait de voir les sourires béats des invités sur son passage. Qu'il se soit attaché à elle n'avait rien d'étonnant.

Mais elle était sa femme à présent…

Et soudain, tout était différent.

Quand ils arrivèrent en Islande, un dîner aux chandelles les attendait.

— C'est merveilleux, déclara Olive.

Gunnar opina d'un hochement de tête, l'esprit ailleurs.

Il ne l'avait pas remarqué tout de suite pendant la cérémonie, mais sa robe de mariée était dos nu. Et voir sa peau satinée sans pouvoir la caresser avait été un supplice tout au long de la réception qui avait suivi.

Qu'avait-elle donc de si particulier pour l'ensorceler à ce point ?

Olive était intelligente, ça il le savait. Mais le QI n'avait jamais fait partie de ses critères pour mettre une femme dans son lit. Il ne prenait pas des maîtresses pour faire la conversation. Elles étaient là pour assouvir un désir mutuel. Mais Olive provoquait chez lui un désir particulier.

Ce n'était pas seulement un désir sexuel. C'était bien plus que l'envie de la posséder. Il s'y mêlait autre chose, un besoin de chaleur, de douceur. Peut-être parce qu'elle portait son enfant.

— On pourrait dîner plus tard.

Il attira Olive contre lui, plaquant les mains sur son dos nu. Sur sa peau aussi douce que la soie.

Elle poussa un soupir en se frottant contre lui. Ce n'était pas un mouvement étudié chez elle, c'était spontané. Sa façon à elle de manifester son désir. Sans faux-semblants. Et savoir qu'elle était aussi accro que lui le rassurait d'une certaine façon.

— Tu aimes ma robe ? murmura-t-elle.

— Beaucoup. C'est tout à fait *toi*.

Le visage d'Olive s'illumina d'un sourire.

— Je me suis dit que tu trouverais cela amusant et que tu serais soulagé que je ne porte pas de noir.

— Je suis surpris que tu ne l'aies pas fait.

— Je voulais m'habiller pour toi. Pour que tu me trouves belle.

Gunnar la dévisagea.

Était-elle sincère ?

— Tu es belle même avec tes horribles cols roulés. J'ai envie de toi, quel que soit ce que tu portes… ou pas.

Elle rougit de plaisir, et Gunnar en fut ravi. Décidément,

petite Olive était unique. Et elle était sienne. Irrévocablement sienne.

Il laissa les doigts remonter lentement le long de son dos, s'attarda sur sa nuque. Comme pour s'assurer qu'il ne rêvait pas. Que tout cela était bien réel.

Aujourd'hui, il avait épousé cette femme, prononcé des vœux qu'il n'avait jamais pensé prononcer, et il se retrouvait face à un avenir qu'il n'avait pas prévu, ni même imaginé.

Pour la première fois de sa vie, il avait l'impression de s'aventurer en territoire inconnu.

Alors, il l'embrassa. Parce que c'était un territoire qu'il connaissait. Il savait comment la satisfaire. Comment la caresser. Comment allumer l'étincelle qui déclencherait l'incendie.

Il sentit ses mains glisser sur son torse, descendre le long de son ventre, tandis qu'elle l'embrassait avec ferveur, comme s'il était tout pour elle.

Elle était audacieuse à présent. Elle connaissait son corps. Elle le caressait avec cette familiarité qui s'était installée entre eux. Elle savait comment le rendre fou de désir.

Gunnar se débarrassa rapidement de ses vêtements et la porta dans la chambre. Elle s'agrippa à ses épaules, les lèvres entrouvertes, les pupilles dilatées de plaisir.

Il la déposa sur le lit et la contempla. Il avait envie de la voir nue, mais pas tout de suite. Ce dont il rêvait, c'était de la faire sienne dans cette robe.

Avec une lenteur exquise et torturante, il fit glisser l'étoffe soyeuse le long de ses jambes jusqu'à sa taille, dévoilant sa petite culotte en dentelle blanche. Il effleura cette mince barrière et sourit en voyant les hanches de son épouse se soulever vers lui. Glissant les doigts sous la dentelle, il la caressa. Elle était brûlante et prête à l'amour. Tout comme lui.

Il lui ôta sa culotte et la dévora du regard, dans sa robe de mariée. Blanche pour lui. Seulement pour lui.

Elle était vierge quand il l'avait prise la première fois, et savoir qu'il n'y avait pas eu d'autre homme, qu'elle n'appartenait qu'à lui et à lui seul, attisait encore le brasier qui le consumait, réveillant en lui un instinct primitif. Puissant. Possessif.

Sa femme. *Son* enfant.

Olive le regardait, les yeux embrumés de désir, les jambes ouvertes, totalement offerte.

Glissant les mains sous ses fesses, il les souleva légèrement et posa la bouche sur le cœur de son plaisir, puis enfonça la langue en elle, savourant chacun de ses soubresauts, chacun de ses soupirs. Jamais il n'avait senti le désir l'incendier aussi fort.

Il n'en pouvait plus ! Il la voulait peau contre peau. Il voulait se fondre en elle. Il s'agenouilla et positionna son érection à l'entrée de son sexe. Elle s'arc-bouta à sa rencontre, et il s'enfonça en elle profondément, puissamment, avant de se mettre en mouvement, imprimant à ses assauts le rythme implacable que son corps exigeait. À chaque coup de reins, il avait l'impression que son cœur allait exploser, que ses poumons luttaient pour quémander un peu plus d'air.

Mais ce n'était pas d'air dont il avait besoin. Il avait uniquement besoin d'Olive, besoin de la sentir autour de lui. Besoin de sentir ses mains agrippées à ses épaules, la douceur de sa peau, les courbes de son corps épousant le sien.

La tête rejetée en arrière, elle s'abandonnait au plaisir qu'il lui donnait. Il la sentait vibrer. Elle se livrait à lui sans restriction, et les ondes de jouissance qui faisaient osciller ses hanches se répandaient dans son propre corps, les fondant l'un dans l'autre, les amenant ensemble au bord du précipice. Haletante, elle l'appela, d'abord dans un murmure, puis dans un cri, et tout son corps se tendit tandis que les tremblements de la jouissance la faisaient se cambrer davantage. Et dans un même élan, ils atteignirent ensemble le septième ciel.

Ils restèrent enlacés, à bout de forces, hors d'haleine, Olive blottie contre lui, la tête sur son torse.

Gunnar ferma les yeux. Même si leurs vies étaient depuis toujours étroitement liées, ce qu'ils étaient en train de vivre n'avait aucun sens. Comment en étaient-ils arrivés là ? Le destin ? Il n'y croyait pas. Un homme fait ses propres choix.

Pourtant, il avait le sentiment qu'Olive était plus qu'un choix.

— J'ai faim, dit-elle doucement.

Ils dînèrent, nus, enveloppés dans des peaux de bêtes. Puis ils firent de nouveau l'amour.

Ils passèrent ainsi le reste de la semaine. Il n'était pas nécessaire qu'ils s'habillent puisqu'ils n'avaient aucun contact avec le monde extérieur. Ici, pas de médias, pas de spectacle. Il n'y avait qu'eux. Et leur plaisir.

Ici, Gunnar commençait à se sentir bien. À se sentir chez lui. Et pour la première fois depuis très longtemps, il se sentait presque en paix avec lui-même.

Olive commençait à réaliser qu'aucun miracle ne pourrait lui éviter la discussion qu'elle redoutait avec Gunnar. Elle commençait à réaliser que rien n'était facile dès lors que les sentiments étaient en jeu. Et elle était consciente qu'elle allait devoir se battre et prendre un gros risque. Pas pour décrocher un contrat, cette fois. Mais pour sauver son âme.

Gunnar l'avait épousée parce qu'elle était enceinte. Pourtant, ils ne parlaient jamais du bébé. Ils ne parlaient jamais vraiment de l'avenir. C'était une situation étrange qui ne pouvait plus durer.

— Gunnar, j'ai prévu quelque chose d'un peu différent, ce soir.

Sur les deux heures de travail qu'ils s'accordaient quotidiennement, Olive avait sacrifié de son temps pour organiser cette soirée avant leur retour à New York.

— Tu vas devoir t'habiller chaudement, dit-elle.

Elle aurait pu lui dire de prendre son maillot de bain, mais elle le voulait nu. Sans défense.

Emmitouflée dans sa parka, elle prit sa main et l'entraîna à sa suite vers la source chaude.

La lune n'était pas pleine, mais sa lueur argentée suffisait à éclairer les amas de roches sur les flancs escarpés qui se découpaient contre le ciel noir, immense, scintillant d'étoiles.

— Tu nous as organisé un dîner ? s'étonna Gunnar en apercevant la table dressée pour deux, avec des braseros tout autour.

— Oui. Je voulais sortir avec toi, sans retourner à la civilisation. Je me suis dit que ça te plairait.

Le repas était simple mais délicieux, typiquement islandais – agneau rôti, poisson et pommes de terre.

Elle savait que cet endroit était cher au cœur de Gunnar. Ici, c'était chez lui. C'était *lui*.

Et c'était terrifiant d'une certaine façon, car la nature y était sauvage, impitoyable et glacée.

Mais il y avait aussi des sources chaudes. Et elle espérait qu'il en était de même dans le cœur de Gunnar.

Quand ils eurent terminé de manger, elle se leva et déboutonna sa parka, dévoilant qu'elle ne portait rien dessous.

Le regard de son époux étincela.

— J'ai pensé que nous pourrions prendre un bain chaud, susurra-t-elle avec un sourire enjôleur.

Elle retira ses bottes et son pantalon, et s'immergea dans l'eau, suivie de près par Gunnar qui se déshabilla en un tour de main pour la rejoindre.

Il la prit dans ses bras, s'empara de sa bouche, puis

sema une pluie de baisers dans son cou, le long de ses clavicules, avant de s'attarder sur ses seins.

Le sexe avec Gunnar était intense et fougueux, sans être brutal. Elle aimait ça. Mais cette fois elle voulait que ce soit différent.

Elle voulait lui montrer autre chose. Elle voulait lui dévoiler son cœur.

Doucement, elle s'écarta de lui et nagea jusqu'au bord du bassin. Il la suivit, mais quand il s'approcha, elle noua les bras autour de son cou et l'embrassa longuement, profondément, mettant dans ce baiser tout ce qu'elle avait tant de mal à dire. Toutes les émotions qui l'assaillaient à chaque battement de cœur.

À bout de souffle, elle s'arracha à ses lèvres, dénoua les bras et fit glisser les mains le long de ses épaules, sur son torse. Comme s'il avait compris que c'était son moment à elle, il s'immobilisa, les bras le long du corps, lui laissant le champ libre.

Elle lui caressa le ventre, dessinant les muscles durs sous sa peau, descendit sur ses cuisses. Il avait un corps de guerrier. C'était ce qu'il était. Prêt à lutter jusqu'au bout pour gagner.

Gagner quoi ? Elle n'en savait rien.

Mais elle avait compris qu'il était impossible de faire tomber le rempart de glace dont il avait entouré son cœur. Il fallait le faire fondre.

Elle se souleva légèrement dans l'eau et d'une main ferme guida son sexe en elle. S'agrippant à ses épaules, elle creusa les reins et se mit à bouger lentement, savourant l'instant, le regard levé vers les étoiles qui brillaient de mille feux pour éclairer la nuit.

C'était eux, ce ciel de velours noir et cette clarté d'espoir.

L'espoir.

Elle n'était pas certaine que ce soit possible, mais elle voulait garder l'espoir d'une vie meilleure pour eux. La foi, l'espoir et l'amour formaient un tout. Impossible d'avoir l'un sans les autres.

Alors que les ondes de jouissance balayaient son corps, menaçant de la faire voler en éclats entre les bras de son mari, elle murmura les mots qu'elle avait eu si peur de lui dire.

— Je t'aime.

Emporté à son tour par l'orgasme, Gunnar poussa un cri rauque et s'abandonna. Et l'espace d'un instant, Olive laissa briller la lueur d'espoir dans son cœur, en écho aux étoiles au-dessus de leurs têtes.

Je t'aime

Non. C'était insupportable.

Ces mots que personne ne lui avait dits depuis tellement longtemps, il les avait chassés de son vocabulaire.

Je t'aime.

Ses mâchoires se crispèrent.

— Il est temps de rentrer.

— C'est tout ce que tu as à dire ?

— C'est tout ce qu'il y a à dire.

— C'est faux. Je viens de te dire que je t'aime, Gunnar. Et tu me parles de rentrer à la maison ? Tu devrais me dire si tu m'aimes aussi. Ou pas. Mais faire comme si tu n'avais pas entendu, c'est comme un mensonge.

— Je ne mens jamais. De nous deux, c'est toi, la menteuse.

— Évidemment, ça t'arrange de croire que je ne dis pas la vérité. Mais c'est un fait, Gunnar. Je t'aime.

— Je n'ai pas d'amour à donner, je t'ai prévenue.

— Pourquoi, Gunnar ? Pourquoi ? Je sais ce que c'est que de se sentir trahie, blessée, par la personne censée vous aimer plus que tout au monde. Mais ces derniers mois, je me suis *reconstruite* peu à peu. Et j'ai fini par réaliser que l'entreprise n'était pas le plus important pour moi. Qu'elle ne l'était plus. J'ai compris que je devais tracer ma propre voie. Je veux être aimée, Gunnar. Véritablement aimée. Je veux voir grandir notre enfant dans un foyer où l'amour est inconditionnel. Et si j'ai fait tout ce chemin pour trouver enfin le courage de te dire que je t'aime, pour abattre les barrières derrière lesquelles je me cachais, tu peux en faire autant. Je veux que tu m'ouvres ton cœur toi aussi.

— Assez ! Tais-toi, Olive.

— Non, je ne me tairai pas. Tu m'as épousée. Que vas-tu faire maintenant ? Demander le divorce parce que je ne me plie pas à tes quatre volontés ? Ce ne serait pas très raisonnable. Alors, voilà comment je vois les choses. En amour, il n'y a pas de négociations possibles. Pas de demi-mesures. C'est tout ou rien. Soit tu m'aimes, soit je pars. Tu n'as pas le choix.

Il y eut un silence.

Gunnar regarda autour de lui, puis planta son regard dans celui d'Olive.

— Je vais te dire ce que tu ignores de ma vie.

Il la regarda de nouveau un instant. Et sa voix perdit toute émotion pour se faire neutre, froidement descriptive.

— J'ai vécu en Islande jusqu'à mes dix ans. Je n'ai pas connu ma mère. Elle est partie peu de temps après ma naissance. Ce sont ses parents qui m'ont recueilli et qui m'ont élevé. Nous habitions une petite maison sur les hauts plateaux, non loin d'ici. Je passais mes journées dans la nature, à courir dans la neige. Quand je rentrais, il y avait un feu dans le poêle à bois, un repas chaud et mes grands-parents qui m'attendaient. Des grands-parents qui m'aimaient, qui étaient là pour moi, pour m'apprendre les choses importantes de la vie. Mais je me suis entiché d'un homme qui m'avait ignoré. Je me suis entiché de son argent, de son pouvoir. Je me suis entiché d'un homme qui a essayé de me briser pour me façonner à son image.

Avant sa mort, j'ai eu le temps de lui dire qu'il avait échoué. C'est ce que croyais.

Il détourna la tête.

— Mais j'avais tort. Il a réussi à détruire toute douceur, tout amour en moi.

Il cessa son récit, incapable d'aller au bout de son histoire. Incapable d'affronter ses souvenirs douloureux, le poids de ses remords et de sa culpabilité. Pas maintenant.

— Gunnar, murmura Olive. Cette maison dont tu parles, cette douceur, cet amour… C'est tout ce que je veux pour nous et notre enfant. Je ne désire rien d'autre. Ton père n'a pas gagné, sauf si tu le laisses diriger ta vie depuis sa tombe. Tu le dis toi-même, un homme fait ses propres choix. Tu l'as fait pour ton entreprise en concentrant ses activités pour le bien de la planète, parce que tu adores la nature dans laquelle tu as grandi. Cet amour que tes grands-parents t'ont donné, il est toujours là. Seulement, il y est sous une autre forme.

— Tu n'en sais rien, Olive. La seule chose de sûre, c'est cette passion qui existe entre nous. C'est suffisant.

Elle secoua la tête.

— Pas pour moi, Gunnar. Je ne veux pas vivre sans être aimée. Plus jamais. Je veux la vie dont nous rêvions enfants, quand nous pensions que tout était possible. Je ne vois pas pourquoi nous n'y aurions pas droit.

Gunnar haussa les épaules.

— Tout simplement parce que les miracles n'existent pas.

Il songea à la petite maison vide de son enfance.

À la pipe de son grand-père près du poêle à bois.

Aux deux personnes à jamais disparues sans qu'il ait pu leur dire à quel point il regrettait.

Olive leva les yeux vers le ciel.

— Regarde ces étoiles, Gunnar. N'est-ce pas un miracle ? Et regarde-nous… Si nous ne sommes pas un miracle, je ne sais pas ce que nous sommes.

— L'univers n'est pas un miracle. Il s'explique par la science. Quant à nous, il n'y a rien de miraculeux dans le fait d'avoir couché ensemble et que nous devions maintenant en assumer les conséquences.

Gunnar sut qu'il venait de perdre Olive. Il le vit dans ses yeux, deux miroirs où se devinait l'ampleur de son désespoir.

— Mais je t'aime ! Pourquoi ne me crois-tu pas ? demanda-t-elle. Pourquoi ne peux-tu pas croire en nous ?

— Olive, je ne crois en rien. J'étais un gamin qui avait la chance inouïe de grandir dans le foyer le plus doux, le plus aimant du monde, et qu'est-ce que j'ai fait ? Je l'ai abandonné pour un homme dont je ne voyais que la fortune et la réussite, persuadé que je serais plus heureux avec lui. J'avais faux sur toute la ligne. Alors, si j'ai pu me tromper à ce point sur mon père…

— C'est pour ça que tu étais si furieux contre moi ? l'interrompit Olive d'une voix tremblante. Parce que tu me croyais honnête et que j'étais la preuve qu'une fois de plus tu t'étais trompé ? Si tu savais comme je regrette… J'essayais seulement de faire ce que mon père voulait.

— Inutile de revenir là-dessus, Olive. Je m'en fiche. C'est de l'histoire ancienne, à présent.

— Mais tu n'oses plus faire confiance à ton jugement à cause de moi.

— Non, Olive. C'est à cause de moi. Parce que j'ai trahi les gens qui m'aimaient. J'ai *choisi* de quitter cette maison, ce pays, de piétiner l'amour que j'avais reçu. Je me suis laissé attirer par l'argent. Comme s'il pouvait me rendre heureux. Difficile de faire plus superficiel.

— Tu n'étais qu'un gamin.

— Un gamin qui a brisé le cœur des deux seules personnes qui l'aimaient. Un gamin qui les a laissées mourir seules. Mon grand-père est parti le premier. Ensuite ce fut ma grand-mère… Ces mains qui avaient tenu les miennes pour m'apprendre à marcher. Ces mains qui m'avaient appris à pêcher, à cuisiner, je ne les ai pas serrées dans les miennes quand ils sont morts. Parce que je n'étais pas là. Comment parler d'amour après ça ? Quand mon père est venu me chercher, j'avais un petit soldat en bois que mon grand-père avait sculpté pour moi. Mon père l'a pris, l'a regardé. Puis il m'a dit de le laisser parce qu'il m'en achèterait de plus beaux. Je l'ai laissé. C'est quelque chose qu'on ne peut jamais récupérer, Olive. Ces choses simples qu'on abandonne derrière soi en croyant pouvoir les remplacer avec de l'argent, on ne les retrouve jamais.

— Alors, ne repousse pas mon amour, Gunnar. Il ne peut pas remplacer celui que tu as perdu, mais il est là. *Je* suis là.

— Mon cœur s'est changé en pierre, il y a des années. Nul n'y peut rien.

— Laisse-nous au moins une chance.

— Il est trop tard, Olive.

Elle avait l'air triste, lasse et frigorifiée. Et quand elle leva son visage vers lui, la détresse qu'il lut dans ses yeux lui déchira les entrailles.

— Dans ce cas, j'irai m'installer ailleurs, déclara-t-elle en s'efforçant de maîtriser le tremblement dans sa voix. Je resterai ton épouse, et tu pourras venir voir notre enfant autant que tu veux. Mais j'ai besoin de me sentir aimée. Nous ne vivrons pas ensemble, Gunnar.

— Non, dit-il d'une voix enrouée, refusant d'y croire.

— Je suis désolée, je ne peux pas. J'ai vécu toute ma vie avec un homme qui voulait bien me garder près de lui uniquement parce qu'il pouvait faire de moi ce qu'il voulait. En quoi es-tu différent ?

Gunnar se sentait écartelé, déchiré, submergé par un sentiment de perte intolérable. Et la peur faillit l'étouffer. Il n'avait pas imaginé qu'il puisse la perdre. Il avait pensé… il avait cru qu'elle resterait.

Il la regarda sortir du bassin, se sécher et se rhabiller.

Elle n'était plus la femme qu'il avait amenée ici la première fois.

Cette femme ne plierait pas face à la tempête.

Elle ne plierait pas face à lui.

Et il ne savait comment réagir.

Cours-lui après.

Mais il était paralysé, tandis qu'Olive s'éloignait sur le sentier escarpé.

L'image était terrible. Olive était assez forte pour gravir cette montagne pendant que lui restait pétrifié au milieu des ombres du passé.

Soudain, ce fut comme si la glace autour de son cœur commençait à se fissurer. À craquer.

Il se retint pour ne pas hurler et se libérer enfin de toutes ces années de rage et de chagrin refoulés. Parce qu'il avait connu le bonheur d'un foyer aimant. Parce qu'il avait perdu ce bien si précieux pour passer le reste de son enfance à se faire maltraiter par un homme qui ne l'avait jamais aimé. Et le jour où il avait enfin décidé de revenir, c'était pour s'apercevoir la maison était vide. Que ses grands-parents étaient morts depuis des années. Qu'il ne pourrait plus jamais leur dire à quel point il regrettait et à quel point il les aimait.

Il resta immobile encore de longues minutes, à demi-immergé, malgré le froid coupant qui agressait son visage, reprenant pied peu à peu dans la réalité.

Puis il sortit de l'eau, se rhabilla et appela son pilote.

Il lui restait un dernier voyage à accomplir tout près d'ici.

16.

Olive referma la porte derrière elle et s'y adossa. Sa décision était prise. Elle s'en sortirait. Elle ne savait pas encore comment, mais elle était courageuse et avait été entraînée toute sa vie à se battre. À ne pas reculer.

Soudain la réalité l'étrangla. Elle sentit les larmes affluer et su qu'elle ne pourrait pas les contenir. Alors, elle pleura toutes les larmes de son corps.

Elle pleura sur la petite fille qu'elle avait été. Celle qui avait passé son enfance à attendre dans l'antichambre des salles de réunion. Celle qui en avait voulu à Gunnar pour lui avoir chipé son cupcake, le jour de ses six ans. Elle pleura sur son adolescence. Toutes ces années où elle avait travaillé dur pour atteindre la perfection exigée par son père.

Elle pleura sur son amour impossible pour Gunnar.

Elle pleura sans retenue sur tout ce qu'elle avait perdu, les espoirs et les déceptions que la vie lui avait donnés en partage. Mais elle ne se sentait pas plus faible pour autant. Au contraire. Elle avait découvert le véritable sens du mot « aimer ». Le bonheur et la douleur allant de pair avec lui.

Elle regrettait simplement d'avoir dû briser son cœur pour le comprendre.

L'hélicoptère atterrit dans le champ enneigé. Gunnar en descendit et alla jusqu'à la maison. Il l'avait achetée des années plus tôt pour qu'elle ne disparaisse pas.

Il poussa la porte.

À l'intérieur régnait un froid mordant. C'était étrange de voir le poêle à bois éteint.

La pipe de son grand-père trônait toujours sur la petite table à côté. Il s'avança et l'effleura du bout des doigts. Puis il s'avança vers la chambre du fond. Sur le petit lit en cuivre, l'édredon confectionné par sa grand-mère était toujours là lui aussi.

Dans cette maison, il avait reçu de l'amour.

Un amour qu'il ne méritait pas.

Un amour qu'il avait piétiné.

Un amour qu'il avait bradé contre des années de violence, de rancœur et de solitude, auprès d'un homme qui avait fait de son mieux pour extirper toute humanité de lui.

Méritait-il cet amour que lui offrait de nouveau Olive aujourd'hui ?

Il ne faisait pas confiance à son cœur. Mais peut-être pourrait-il faire confiance à celui d'Olive.

Parce que l'amour qu'il avait vu dans ses yeux, c'était le même amour qu'il avait reçu autrefois.

Regarde-nous... Si nous ne sommes pas un miracle, je ne sais pas ce que nous sommes.

Oui, c'était un miracle. Bien sûr qu'il l'aimait. Depuis toujours. Simplement, il était s'était interdit de l'admettre parce qu'il savait au fond de lui qu'il devait d'abord affronter les ombres du passé, faire la paix avec lui-même, enterrer son chagrin et sa colère. Aussi difficile et aussi douloureux que cela puisse être.

— Je vous demande pardon, dit-il dans un murmure s'échappant de sa bouche dans une vapeur blanche, s'attardant dans l'air glacial. Je regrette tant de vous avoir quittés. Je ne savais pas. Je n'avais pas compris.

Il était temps pour lui de se pardonner, de pardonner au garçon qu'il avait été. Au garçon qui avait péché par aveuglement, par admiration pour un homme qui ne le méritait pas.

Mais le pardon ne suffisait pas.

Il songea à la lumière dans les yeux d'Olive, alors qu'elle lui déclarait son amour. Elle lui avait ouvert son cœur. Elle l'avait laissé déverser sur elle sa colère et souffrance. Elle lui avait donné tout ce qu'elle avait, sans hésiter. Et il l'avait repoussée. Par peur. Parce qu'il était plus facile de se dire que rien ne le touchait, qu'il n'avait pas d'amour à donner.

Il prit une profonde inspiration puis une autre, assimilant cette vérité.

S'il voulait offrir à son enfant la vie qu'il souhaitait, s'il ne voulait pas perdre Olive, il devait se montrer aussi courageux qu'elle. Son amour pour elle devait être plus fort que sa peur d'aimer.

À quoi bon avoir du sang viking dans les veines, s'il ne se battait pas pour la seule chose qui comptait ?

Vaincue par le poids de l'épuisement et du chagrin, Olive s'était endormie dans leur lit. Ou plutôt, dans ce qui avait été leur lit.

Elle n'avait pas revu Gunnar, mais l'avait entendu quitter la maison à l'aube.

À présent, elle attendait. Elle attendait son retour. Elle attendait de voir ce que sa vie allait être. Elle aurait son bébé, c'était tout ce dont elle était certaine. Elle allait se battre pour ça.

Avec un soupir, elle se leva, se passa de l'eau sur le visage puis s'habilla à la va-vite.

Quand elle se retourna, il était là, sur le seuil de la chambre.

Elle le dévisagea.

Son pouls s'accéléra. Elle était prête à se lancer dans la plus importante négociation de sa vie.

— Je ne peux pas rester si tu ne m'aimes pas, attaqua-t-elle d'emblée.

— Tu ne peux pas ou tu ne veux pas ? demanda Gunnar.

— Je nc veux plus sacrifier ma vie pour répondre aux exigences de qui que ce soit. Je veux être aimée. J'ai besoin de cet amour.

— Je comprends. Je suis d'accord avec toi.

Il avait dit cela comme s'il s'agissait d'une affaire perdue d'avance. Et le cœur d'Olive se contracta douloureusement.

— J'ai tout misé sur la réussite pour donner un sens à ce que je faisais, reprit Gunnar. Ne pas rendre visite à mes grands-parents, par exemple. J'aurais pu retourner les voir, mais je ne l'ai pas fait. Par crainte ou par culpabilité, je suis resté à l'écart. J'ai continué à travailler comme un forcené, et quand j'ai voulu les revoir, c'était trop tard. Ils étaient morts. Alors, l'entreprise est devenue toute ma vie. Je ne voulais plus jamais éprouver ce sentiment de perte irrémédiable. Intolérable. Mais à quoi bon vivre si nous n'essayons pas d'aimer ?

— Je ne sais pas, répondit Olive.

— Moi non plus. En tout cas, plus maintenant. Professionnellement, j'ai gravi des sommets. Pourtant, cela ne change rien à cette sensation de ne vivre qu'à moitié, de se contenter d'exister. Mais hier soir, dans la source chaude, sous les étoiles, avec toi, je pouvais presque y croire. Aux miracles. À l'amour. À une petite maison en Islande.

Gunnar esquissa un sourire hésitant.

— Je t'aime.

Les mots avaient jailli de ses lèvres et de son cœur avec une telle spontanéité qu'il en fut le premier stupéfait.

— Répète ça, murmura Olive.

— Je t'aime.

Cette fois, Olive en resta sans voix et courut se jeter dans ses bras, cherchant ses lèvres.

Gunnar l'embrassa. Tendrement. Puis posa le front contre le sien.

— Je dois te montrer quelque chose, murmura-t-il. Veux-tu venir avec moi ?

— Je te suivrai au bout du monde.

Elle s'écarta légèrement et lui décocha un regard malicieux.

— Ou tu pourrais me kidnapper.

— Te kidnapper ?

— Oui, m'enlever. Tu sais… comme un Viking.

— Plus tard, mon amour. Plus tard.

L'endroit où l'emmenait Gunnar, c'était son véritable foyer. Il n'avait pas besoin de le lui dire, elle le savait.

Elle avança dans la maisonnette et regarda autour d'elle, les meubles en bois faits main, tous ces objets, vestiges de ceux qui avaient un jour vécu ici.

Dans la chambre du fond, elle aperçut quelque chose sous le lit en cuivre.

Elle se baissa. C'était un petit soldat en bois.

— Gunnar ?

Elle se tourna vers lui.

— Regarde ce que j'ai trouvé. Il t'attendait. Il attendait que tu retrouves ton chemin jusqu'ici… Jusque chez toi.

Ému, il prit le soldat et le serra dans son poing. Puis il enlaça son épouse, l'enveloppant dans la chaleur de son corps.

— Il fallait d'abord que je te trouve, petite Olive.

— J'étais là, Gunnar… tout le temps.

Il l'embrassa. Un baiser doux d'abord, puis enfiévré, dévorant, reflet des émotions qu'il portait.

— Je t'aime, Olive.

Elle prit son visage entre ses mains et plongea dans le bleu de ses yeux. Il devrait exister un mot pour formuler ce sentiment insupportable d'aimer quelqu'un au point d'avoir l'impression que vous pourriez voler en éclats.

Elle réalisa alors qu'il n'y avait pas de mot pour l'exprimer. Il y avait seulement deux cœurs longtemps séparés – chacun d'un côté d'une salle de réunion – battant désormais à l'unisson grâce au miracle de l'amour.

Épilogue

C'était Noël, leur moment préféré de l'année. Dehors, la neige tombait à gros flocons, et tout leur petit monde était au lit, bien au chaud sous les édredons traditionnels islandais. Le feu ronflait dans le poêle à bois, jetant un panache blanc dans la nuit glaciale.

Cette maison, ils l'adoraient. Même les enfants.

Elle était bien plus petite que celles qu'ils possédaient aux quatre coins du monde, mais c'était leur nid familial. Leur véritable foyer.

Ils ne travaillaient plus autant. Gunnar déléguait de nombreuses tâches à ses collaborateurs. Quant à Olive, elle avait renoncé à créer une start-up. Elle s'était mise à écrire des livres pour enfants retraçant les aventures d'une fillette qui passait ses journées à vagabonder dans des immeubles de bureaux pendant que son père était en réunion.

Quoi qu'elle entreprenne, Gunnar était admiratif et fou amoureux d'elle. Elle était son âme sœur.

Elle lui avait redonné un foyer.

Il contempla l'arbre de Noël et ses enfants endormis dans leurs lits.

Elle lui avait rendu son cœur.

Retrouvez prochainement,
dans votre collection

AZUR

L'héritière et le don Juan, de Caitlin Crews - N°4598

Alors qu'elle assiste à la lecture du testament de son père, Annika voit son pire cauchemar devenir réalité. Pour garder Schuyler House, la demeure familiale remplie d'œuvres d'art et d'antiquités qu'elle adore, elle doit se marier. Et pas avec n'importe qui ! Celui qu'on lui destine n'est autre que Ranieri Furlan, l'associé de son père. Un puissant magnat qui tire de ses succès une arrogance inimaginable. Le dernier homme sur Terre auquel elle souhaiterait être liée…

Le prince vengeur, d'Emmy Grayson - N°4599

Barmaid dans la petite ville de Nowhere, Briony mène une vie monotone. Du moins, jusqu'à l'arrivée d'un magnifique étranger pour lequel elle ressent un coup de foudre immédiat. Mais son trouble se transforme en sidération quand il se présente : Cassius Morgan Adama est prince du Tulay. S'il est là, c'est pour lui révéler qu'elle est fille de roi, l'héritière cachée des Van Ambrose – et sa future épouse ! D'abord conquise par ce conte de fées, Briony déchante vite. Cassius lui propose un mariage qui servira ses sombres desseins de vengeance…

Une secrétaire à séduire, de Kim Lawrence - N°4600

Afin de conclure l'affaire de sa vie, Ezio Angelos est prêt à tout, et même à convaincre Matilda, son assistante personnelle, de l'accompagner durant six mois en Grèce… en tant qu'épouse ! Ce mariage de convenance leur sera profitable à tous les deux et restera strictement professionnel, lui assure-t-il sans trop y croire. Saura-t-il en effet résister au charme de sa délicieuse secrétaire s'ils troquent leur salle de conférence habituelle pour une suite nuptiale ?

Désir du désert, de Lela May Wight - N°4601

Malgré tous ses efforts, Akeem n'est pas parvenu à oublier Charlotte, son amour de jeunesse. Maintenant qu'il s'apprête à monter sur le trône de Taliedaa, il se rend à Londres où ils se sont connus tous deux avec la ferme intention de clore le chapitre de son passé. Et pour y parvenir il sait exactement ce dont il a besoin : une nuit avec Charlotte. Leurs retrouvailles sont houleuses, mais c'est avec la certitude d'agir pour le mieux qu'il propose à Charlotte de vivre une passion débridée avec lui, dans son palais du désert…

Ce parfum d'interdit, de Michelle Douglas - N°4602

Marjorie Mabel ne connaît que trop bien la querelle assassine qui oppose sa famille à celle des Constantinos. Les deux empires hôteliers se déchirent depuis toujours sur fond de secrets de famille. Hélas, aujourd'hui que sa sœur jumelle a disparu, elle n'a d'autre choix que de solliciter l'aide de Nikos Constantinos pour la retrouver.

Le roi qu'elle aimait, de Natalie Anderson - N°4603

Le destin pouvait-il se montrer plus cruel ? Tandis que l'avion qui devait la ramener chez elle est dévié pour urgence médicale, Elsie comprend que sa destination improvisée ne lui est pas inconnue. Cette île, ces belles villas nichées au creux des falaises, cet imposant palais défiant les éléments... elle ne les reconnaît que trop bien. Il s'agit de Silvabon, le paradis méditerranéen où elle a connu l'amour, puis le désespoir. C'est là en effet que réside Felipe, l'homme qu'elle a follement aimé et souverain du royaume...

Le scandale de minuit, de Kate Hewitt - N°4604

Héritier des palaces Rossi, Alessandro ne supporte pas de voir leur vénérable image s'étioler avec les années. Pour redonner un souffle nouveau à son empire, il est prêt à tout, et même à conquérir une influenceuse futile. Or c'est la sœur de cette dernière qui l'attire étrangement. Liane Blanchard est pourtant une discrète professeure de français qui n'appartient pas au même monde que lui. Que pourrait lui apporter cette innocente créature ? Rien, si ce n'est peut-être le frisson de la conquête...

Séduite par un Vénitien, de Lucy King - N°4605

SÉRIE : *LES FILS PERDUS D'ARGENTINE* - 2/3

Experte en relations publiques, Carla Blake ne se laisse guère impressionner par les hommes puissants. Une règle dicte d'ailleurs sa ligne de conduite : les tenir à distance. Pourtant, lorsqu'une mission la contraint à côtoyer Rico Rossi, elle sent ses résolutions vaciller. Ce loup solitaire est le plus beau spécimen masculin qu'elle ait jamais rencontré, mais le plus redoutable aussi. Saura-t-elle résister à son aura de séduction alors même qu'elle vient d'accepter son invitation à Venise ?

Honneur ou scandale, de Dani Collins - N°4606

SÉRIE : *RELATIONS PRIVÉES* - 1/3

« Je veux que vous ruiniez ma réputation. » Face à la requête de Luca Albizzi, roi de Vallia, Amy reste un moment interdite. Directrice d'une agence de relations publiques, elle a pour objectif de redorer l'image des puissants, de bâtir des épopées à la hauteur des ego de ses clients. Jamais encore on ne lui avait demandé de créer un scandale de toutes pièces ! Mais comment refuser un tel défi lancé par le plus mystérieux des hommes ?

Le rêve d'Hermione, de Jennifer Faye - N°4607

Voilà un an qu'Hermione a été promue directrice générale du Ludus Resort, une luxueuse station balnéaire. Or il s'agit pour elle de bien plus qu'un travail. Sur la petite île grecque, pour la première fois de sa vie, Hermione se sent chez elle. C'est donc avec angoisse qu'elle voit débarquer par une nuit de tempête Atlas Othonos, l'héritier des lieux. D'autant que ce dernier n'a qu'une idée en tête : se débarrasser de l'établissement cinq étoiles. Incapable de renoncer à ses rêves, Hermione est décidée à le faire changer d'avis, par tous les moyens…

La trahison d'un amant, de Julia James - N°4608

Jamais Carla n'a désiré un homme comme Cesare Di Mondave. C'est donc tout naturellement qu'elle entame une liaison avec son sublime Italien. Elle a bien conscience, alors, de piétiner toute prudence. Son amant est un séducteur, et leur relation ne manquera pas de déchaîner la rumeur. Mais comment résister à l'appel des sens ? Bientôt, hélas, Carla comprend que la situation lui a totalement échappé. Car elle a eu la folie de tomber amoureuse de Cesare, qui est sur le point d'en épouser une autre…